你可以
讓習慣改變命運

區祥江教授 著

能把握時間和機會，從中建立一些重要的生命良好習慣，成就上天給予你的召命，你就不枉此生。

新版序

　　編輯說本書要再版了，在原本的書名加多了「你可以讓」在前，我覺得是蠻有意思的。建立良好習慣或改變壞習慣，成敗其實是取決於這個「你」。

　　我也有一個良好習慣失而復得的心路歷程，在此與讀者分享一下。

　　話說我養成了一週游泳兩次的習慣也快二十年了，當時是為了改善骨刺的身體問題而養成的習慣；我也經常引以自豪。怎料半年前，我由九龍城搬到何文田的新居，與大女兒同住後，早上返工前游水的習慣就受到兩樣的阻力挑戰。第一，我是去德福的德藝會游泳的，若由九龍城駕車去5分鐘就到；現在路程遠了，要10分鐘左右，沒想過這成為一種阻力。第二，新居距離大女兒返工的時間和地點，我現在是可以順路車她一程；但若送她回公司的話就令我不能早起去游水，因為時間不協調，我要找另外的時間去。這令我減少了游水的次數，有時候一星期只游得一次，不太理想。而新住的屋苑是有一個小泳池的，不到25米，少於標準池50米的一半，游起上來不暢快，所以屋苑泳池又未能取代原本的。再加上，我在德藝會已交了兩年的會費，是沉澱了的成本，到屋苑泳池又要另外交費。

看完我的分享和考量，你大概也看到真正的問題在於這個「我」的固執，不夠彈性，多5分鐘的車程其實屬於很少時間，25米還是50米都是一個轉身的問題。結果經過了幾個月的適應，我終於回復一週兩次游泳的習慣，不用送女兒返工的日子，我會選擇去德藝會游，其餘的時間我開始習慣屋苑泳池雖小但人少的好處。所以，每週去一次德藝會，去一次屋苑泳池又何妨。重要是身體健康，游泳時身心舒暢。

　　希望這個小小的習慣轉變歷程，能成為你的鼓勵，明白習慣的破立在乎「你」。

　　新版內容主要增添了一章有關幾個屬靈操練習慣的建議。想起保羅在提摩太前書四章8節這樣說：「因操練身體有些益處；但敬虔在各方面都有益，它有現今和未來的生命的應許。」

　　與讀者共勉。

原版序

歸根結底，是習慣最終決定了我們的命運。
改變習慣，就是改變自己的命運。
把壞的習慣改掉，好命運就會隨之而來。
一個人的成功，是許多優秀習慣特徵綜合產生的結果。
一個人有怎麼樣的習慣，他就一定會有怎麼樣的人生。

—古川武士

很多年前有一本書影響自己很深的，就是Stephen Covey 的*The 7 Habits of Highly Effective People*，特別是第二和第三個習慣。

習慣二：以終為始（Begin With the End in Mind），定義明確的成功衡量標準和實現目標的計劃。

習慣三：把第一件事放在首位（Put First Things First），優先考慮並實現你最重要的目標，而不是不斷對緊急情況作出反應。

Covey教曉我如何定義真正的成功，並時間管理的重要原則，就是多做一些重要但不緊急的事情，因為我們最容易忽略這些事情。

當時我的著眼點放在這些生命重要的原則上，卻沒看到「習慣」這個字。我們都看過不少令自己生命提升的書，當時十分興奮和受感動，甚至立志要按書本的洞見去計劃自己的人生。我們卻忘記了「習慣」的重要性，很多時候都是「有頭威無尾陣」的，半途而廢。

將人生重要的生命學習、做人的原則、核心理念化作日常的習慣，才是我們成功之道。原因很簡單，習慣不怕微小，隨著日復日的去實踐，習慣是可以左右我們的命運。

愛因斯坦曾說過：「複合效應（Compound Effect）是世界第八大奇蹟。誰了解它，誰就贏得它；誰不，誰就要賠上代價。」雖然有些人質疑這句話是否真的來自愛因斯坦，但複合效應的力量在習慣的好壞和影響上，確是毋庸置疑的。

希望這本書對於習慣的形成、維持和改變的學習，成為你創建人生的重要基石。

我自覺對這課題認識得太少和太遲了，希望你能把握時間和機會，從中建立一些重要的生命良好習慣，成就上天給予你的召命，你就不枉此生。

序一

首先，非常感謝恩師區祥江博士的邀請，能先睹為快他的新書——《習慣改變命運》。

在一次偶然的機會，在書局被恩師的心理成長系列著作吸引，便開始閱讀他的書籍。在他的著作中，不難發現他從不吝嗇地分享自己又真又活的個人經歷及生命故事，以深入淺出的方式配以生活化的實例，闡釋與主題有關的理論。這不但為著作注入生命力，還使人在閱讀時，連結著一份熟悉的真實感，叫人細味箇中內容之餘，且能深入反思生命。

及後，因著完成輔導課程的裝備，膽粗粗邀請區博士成為自己在輔導路上的督導。有一天，如常的閒話家常，彼此問候時，得知恩師正在撰寫一本以「習慣」為題的新書，我還說笑是否需要真實個案，因為好習慣與壞習慣的故事實在不少啊！

二零二二年七月，看了恩師於二零二二年四月出版的《人生下半場好好善待自己、放過自己》，希望學習怎樣好好善待自己。看畢後還寫了以下的反思給恩師：

在生命的旅程中
在不同的人生車站
我們或要作出大大小小的調整

有時候
我們未必願意自己停下來
上帝卻很幽默
祂會用祂的方法
叫我們面對生命的限制
迫使我們在有限中
聚焦我們的生命
選取有意義的事去做

　　我們的大腦都是懶惰的。《習慣改變命運》彷彿就像一個延續，再次提醒著我調整的功課。改變從來都不是一件容易的事，亦不會在一夕之間就能收取成果。「習慣」就是如此的熟悉，予人一份安穩。有時候，原來要善待自己就要拿出一份決心，來一趟生命調整的旅程。

　　正所謂萬事起頭難，若能啟動挑戰自己的懶惰與不習慣，堅持走下去，終究能夠為生命作出大大小小的調整。引用書中的「一分鐘養成跑步習慣的故事」：學會放下宏大志向，放下完美；反之擁抱平庸，轉而每天邁出第一步，從「小」開始，讓小改變成就大不同，便能體現聚沙成塔與積水成淵的威力。

書中其中一個建議非常有趣，「將每一個新習慣縮小到最小的版本」。由六十分鐘的默想練習簡化到一次呼吸默想；由看一本書簡化到看一頁書；通過創造一個「最小的版本」，從而啟動想要的習慣。此外，本書亦提醒我們可以讓習慣中的提示顯而易見，以觸發我們大腦的注意；或在輕鬆完成自己新建立的行動時，為自己的小小成功作即時慶祝，好好給自己一個讓人滿意的獎勵。久而久之，我們的大腦便在不知不覺間建立了一條從提示到這種愉悅狀態的途徑，當每次體驗到相同的提示，大腦的自動航行系統自然被喚醒，從而養成習慣。

這本書豐富之處在於整合了不同的西方理論，並且介紹多個建立習慣的模式與工具，列舉了很多具體的生活化例子以供參考，幫助讀者更容易理解如何戒掉壞習慣及建立良好習慣。而本書另一獨特之處，是講述了一些建立習慣的方程式，讓讀者可以選擇個別調整方程式內的可變因素，以建立新的習慣。

對於有意調整生活習慣及追求更豐盛生活的人，這本書絕對是一個非常真誠的邀請，邀請你停下來，檢視在生命成長旅程中所建立的習慣。正如區博士所言，希望你能把握時間和機會，從中建立一些重要的生命良好習慣，成就上天給予你的召命，那就不枉此生。

張柏儀
二零二二年十月

序二

謝謝區祥江教授／博士讓我在他的新書寫讀後感，深覺榮幸。每每收到區祥江博士新作品都好興奮，可以先睹為快，知道每一本都是區祥江博士著作研究和心得，更是區博士多年的輔導經歷和人生體驗，他的熱情和用心能從文字裡感受得到。年輕時，習慣一口氣閱讀區祥江博士書籍，如今，是讀完一遍又一遍——是的，隨著年齡增長，習慣改變了，實在想將區博士粒粒文字讀入心坎。

中學開始閱讀區博士書籍，是一天下課後在大眾書局（馬來西亞）無意中在書架上發現厚厚一書本——《走自己的路》，書名深深吸引我，那是第一次接觸區祥江這名字。後來知道區博士是香港資深輔導員和作家，更是第一次接觸輔導這字眼。就這樣，區博士輔導題材書籍我收集一本又一本，透過文字我認識區博士已約三十年，我可是區博士的小小粉絲呢！

如區博士提到，習慣改變不容易，改變不會在一夜之間發生，需要堅持不懈，才可以通過反覆努力來實現。這句話對我特別有亮光，從未思考過「習慣」造就現今的自己。的確，大腦是懶惰、人懶得改變「習慣」，「習慣」了讓自己的「習慣」駕馭，無論那習慣是好還是壞。

消化內容同時，讓我想起一件事。初出茅廬時，我在一家機構服侍，主要負責設計工作。年復一年，服侍讓我有許多新嘗試和滿滿的滿足感。後期，一些人物事故變遷，已不再是一個健康的工作環境，但因「習慣」了這熟悉的工作操作和環境，我害怕踏出自己的安舒區。一方面渴望有新改變，卻又缺乏動力，每天於無奈、焦慮、厭倦中不斷掙扎。直到因工作關係，面對面認識區博士，他幫助我理清自己的情緒，看清自己身處於不健康的工作環境。因著區博士鼓勵，我終於儲夠勇氣離開習慣了十年的安舒區。

原來，一如書中所說——改變「習慣」需要提示、渴望、反應和獎勵，心中十分感激區博士，他說人不要原地踏步，結果他送了一本《翱翔工作間》給我。能夠喜樂服侍是自己的理想，到另一個機構服侍，那是一個更大的發揮空間，「習慣」熱愛自己的工作，因此服侍了一段長時間。

自己是個懶於改變「習慣」的人。馬來西亞是一個交通不方便的國家，上班族幾乎都擁有自己的車子，任何時段馬路上交通堵塞是平常事。有自己的車子，享受自由奔馳之外，「習慣」將車子停泊最靠近目的地，卻也形成自己缺乏運動、懶於運動，當時身材肥胖。現今旅居英國（Bristol），駕駛執照須重新再考，最後一拖再拖，反正英國公共交通十分方便，步行是多了，多了鍛鍊身體。由此體會「習慣」是可以因著環境而逼著改變的，環境比意志力更能左右習慣形成。

回想曾經的自己，從女孩到當了媽媽，經歷許多事情，有悲也有喜，也做了許多的傻事，老我和「習慣」影響當時的決定。品嚐區博士新作，沉澱下來，並醒覺許多觀點是我從未想過，或這麼說，舊「習慣」影響現在的自己，更阻礙自己的成長。

是的，習慣可以從微小行為開始，區博士說要擁抱改變，這是重點，亦是我的反思。

謝韻詩

二零二二年九月

引言

　　這本書可以說是我閱讀「習慣」課題的整理。讀者有興趣可以翻到書末的書目看看便知道。近十年來，以習慣為題的書像雨後春筍般，當中不乏有理論基礎和實用模式的好書。

　　這本書套用一個三段式的結構。首四章是理論部分，包括討論什麼是習慣、習慣的分類；不少「習慣」的專家都有介紹他們習慣的形成的模式，不過其中一個習慣建立的主題重點是習慣為什麼要從「小」開始；近年也有不少具創意的建立習慣的理念和工具，這些都是十分有趣的知識基礎部分。

　　第二部分是第五章，是這本書寫作的中心思想，就是習慣決定我們的命運。當中主要的理念是來自一個複合效應（Compound Effect）的概念，這也是習慣發揮它奇妙效果的部分，佔的篇幅不多，卻值得讀者細味。

　　第三部分是選取一些筆者認為重要的壞和好的習慣例子，看那些壞習慣為何不容易戒除的原因，幸好亦有一些有效的解決方案作參考。要討論的壞習慣包括食物的心癮、拖延和被智能手機鈎上的三個壞習慣。好習慣我選取了五個，包括：良好理財習慣、良好睡眠習慣、三個快樂的習慣、良好的家居收納習慣、早上的儀式（Morning Rituals）與屬靈操練的習慣。這些良好習慣對建立我們豐盛的人生有著十分重要的位置。

寫作過程中，我都有不時檢視自己的一些習慣。包括一星期游水兩次，以及確立寫作目標和付諸實現的習慣。

　　你能手執著這本書，都是有賴我多年來養成寫作的召命和習慣。特別在後記中，我會簡單分享這本書寫作的過程，當中一些我常規的寫作習慣。

contents

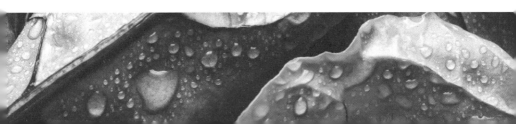

Chapter 8

舊習慣難改，新習慣難養成，因為人類重複的行為模式會烙印在神經通路中，但透過重複，可以形成新的習慣來取代舊的習慣。

Chapter 1

什麼是習慣

什麼是習慣

The chains of habit are too light to be felt until they are too heavy to be broken.

—*Samuel Johnson*

我們從心理學的角度來給習慣一個定義：習慣（Habit）是一種有規律地重複（repeated regularly）並傾向於下意識地（subconsciously）發生的行為例行程序（Routine of Behavior）。

習慣是「下意識的」，因為表現出習慣性行為的人通常不會注意到它，因為一個人在執行日常任務時不需要進行自我分析。而習慣的形成是透過「有規律地重複」而慢慢形成的。習慣可以是單一行為，亦可以是一連串行為而組成的「例行程序」。

研究習慣的專家Wendy Wood和她的同事在2002年進行的一項日常經驗研究發現，大約43%的日常行為都是源於習慣。

　　新的行為可以通過習慣形成的過程變得自動化。舊習慣難改，新習慣難養成，因為人類重複的行為模式會烙印在神經通路中，但透過重複，可以形成新的習慣來取代舊的習慣。

　　或許我們可以用幾個比喻來形容習慣的特質。

你大腦的自動駕駛功能（Autopilot）

你的大腦很懶惰。是的，這是真的。你的大腦想儘可能做少一些工作。這就是它創造習慣的原因。

習慣，就是你一整天都沒有經過深思熟慮的行為。如果你早上做的第一件事是刷牙，那並不是因為你有意識地決定清除口腔中一夜之間生長的細菌。而是因為多年來，你已經養成了刷牙的習慣。

那麼，你的大腦是如何知道該刷牙的呢？行為是通過一系列線索成為習慣。首先，你的鬧鐘響了。然後，你將腳放在地板上。接下來，你走下床看到洗手間。這個系列中的每一個事件都是刷牙的線索。你的大腦要養成這樣的習慣，以便為更重要的任務儲備其他能量。

無論你是想養成一個好習慣還是改掉一個壞習慣，你都可以通過改變你的環境來幫助你的大腦擺脫自動駕駛。如果你想改掉一個習慣，你首先需要確定你必須執行哪些提示，並替換或刪除它們。如果你想去健身房而不是下班後的Happy Hour，請在離開辦公室之前換上運動服。如果你想多看書少看電視，就在遙控器上放一本書，這樣當你要打開電視，你就必須繞過另一個提示。如果你想更多出門走走，請在醒來後立即穿上鞋子（不是拖鞋）。

如果你想改掉一個習慣，
你首先需要確定你必須執
行哪些提示，並替換或刪
除它們。

一個騎馬、一個騎大笨象的故事

　　話說有一個人騎著一匹馬走著，好像走向某一個地方，路旁有一個人問他：「老兄，你要去哪裡？」馬背上的人無奈的回答：「我不知道，你問我的馬好了。」習慣其實就是那匹馬，你若沒有意識地操控牠，牠便會帶你去一處自己沒想過去的地方。這也是這本書的命題：習慣決定命運。我們若不定時去檢視自己的習慣，那些壞習慣如拖延、無節制飲食等，隨時會影響我們的事業和健康。

　　不過，習慣改變並不容易。你的大腦會繼續執行在你一生中以一種或另一種方式為你服務的相同習慣。改變不會在一夜之間發生，你要堅持不懈，才可以透過反覆努力來實現。

　　話說有另一個人騎著一頭大笨象，他跟之前騎馬的人很不同，他十分清楚自己要去的地方，他出盡力想向東走，怎料那頭大笨象完全不合作，偏向西的方向走。騎大象的人不斷跟大象角力，卻感到寸步難移。

　　想改變的人，其實內裡有兩個自我：理性的自我和感性的自我。理性的自我就像騎在六噸重的大象上的騎手（他確認哪些部分「應該」要改變），受情緒大象的擺佈（「感覺不到」需要改變的部分）。如果你曾經嘗試開始一個新的做運動的習慣，但在三週後放棄，因為你不想去健身室做運動，你已經感

覺到大象的力量。要說服某人改變他們的行為，你需要做的不僅僅是為改變（即說服騎手改變）；你必須激發他們內心的情感大象去擁抱改變。

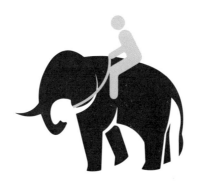

簡單來說，這兩個比喻告訴我們習慣有三個特性：

1. 自動：一旦習慣在我們生活中形成，不必經過思考或想著如何去做，就會出現因習慣的動作而已經完成的情況。

2. 較少疲勞：習慣對於做一些輔助或腦力工作的人，他們在做這些任務時相對較少疲勞。或說習慣了就可以偷懶，不費氣力去完成。例如學駕車的新手司機，會很費神學駕車，到成為駕車老手就毫不費神，輕易能駕馭。

3. 穩定性：習慣一旦形成，它就會變成永久性的，很難去除。

🌱 有關習慣的謬誤

習慣是我們生活的一大部分，是「自動波」，而且並不是我們經常意識到的。所以我們對習慣的認識都是片面或不正確的。我們經常聽到的是：習慣不容易改變；習慣與個人的生活環境緊扣起來，因此無法擺脫我們的成長背景去作出改變；又或者覺得習慣都是一些小事，所以並不重要。而根據我對習慣的研究所得，卻正正跟這些謬誤相反的呢！

1. 習慣是難以改變的？

我們常說：江山易改、品性難移。或者可以說，品性難移的原因是品性就是習慣一種，一旦養成了習慣，它們就會自動啟航的了；除非你加強自我的意識，刻意的去改變，不然它委實是比較難改變的。

我說難，卻並非不可能。筆者對習慣這課題感興趣的原因，是因為多了改變習慣的新研究和方法出現。新增改變習慣的原則有幾個：例如要有某習慣的替代、同樣帶來相同的獎賞等。

改變要由小開始，並且要持續一段時間，讓大腦重新組織這行為的習慣，讓它能自我啟航。

以上改變習慣的方法，將會在接著的篇章有更深入的探討。

　　將自己放在一個新的處境中，舊的習慣就因為沒有那些環境因素而不再出現。這也是接著要討論的。

2. 習慣跟出身、成長背景有關，人無法擺脫成長背景去改變自己的習慣。

　　或許你會說，因為我的成長背景，我是無法跟成長背景「一刀兩斷」去改變自己的習慣。這難怪孟母要三遷了，原來環境因素是相當影響一個人的習慣。或許有朋友曾有到外地進修或移民的經驗，當你改變了一個新的環境，你好像擺脫了過去的你一樣，你會有更大的動力去改變一些習慣。心理學家Katy Milkman在她的著作*How To Change The Science Of Getting From Where You Are To Where You Want to Be*中，提出了一個重新開始（Fresh Start）的觀念。她發現考慮追求改變的理想時機是在重新開始之後，新的開始會增加你改變的動力，因為那樣會給予你一個真正的白板經驗（Clean Slate）；會提升你的對未來的樂觀感受。再者，還可以改變壞習慣，引導你對個人的生活有更大的思考。

新的開始，可以是標誌著新開始的日曆上的日期（一個新的年份、季節、月份或星期）、生日或紀念日。也可以由有意義的生活事件觸發，例如搬到新城鎮，進入一個新的階段（例如進入第一年大學生活）。所以，當你將用於跟蹤績效的指標設置為零，你是可以重新開始的。

　　如果你希望對自己的生活作出積極改變，但又對成功的機會抱著悲觀想法，也許是因為你以前失敗過，或者認為會因成長背景影響，擔心另一個嘗試可能會產生類似的結果，我的建議是尋找新的開始機會。例如：是否有即將到來的日期或環境的改變，可以代表徹底與你的過去說再見？這可能是你的生日，夏天的開始，甚至只是隨便的一個星期一。

　　Katy Milkman在她著作中，說了一個長跑者Ray Zahab的故事。隨著1990年代的結束、新千禧年的到來，他趁此機會改變自己的人生篇章，在設法改變自己的生活之前，Ray是一個重度吸煙者。但當他到了三十出頭的階段，Ray迫切地想要作出改變。他厭倦了自己體胖的身形，想知道自己是否可以像他的兄弟，成為一個成功的長跑者；然而他知道長跑這項運動對於吸煙者來說，幾乎是不可能的。

　　顯而易見的，他第一步是要戒煙，但他就是做不到。他試了又試，然後Ray有了一個主意。他趁著世紀交替之際，於1999年的除夕決心永遠戒煙。「我看準那個日期，是因為它有這麼大終結，似乎在每個人的腦海中，這是人類的重新設置的機會。」

12月31日午夜前不久，Ray抽了最後一枝煙。「如果我現在做不到，那我永遠做不到。」他告訴自己。第二天早上，Ray醒來時非常想抽煙。「但那天是2000年1月1日。」他回憶說，隨著新千禧年的到來，他已經跨過了一個重要的門檻，不再是那個無法戒掉依賴尼古丁習慣的Ray。2003年，Ray贏得了100英里Yukon Arctic Ultra，這是世界上最極限的耐力賽。他很快注意到自己的勝利始於2000年的那一天，那一刻讓一切成為可能。Ray是一個戲劇性的例子，他從一開始就獲得靈感，在新的一年改變生活。「去年你沒有成功戒煙，但是那是以前的我。」他想，「現在面前的是新的我。」

3. 習慣都不過是生活上雞毛蒜皮的事，沒大重要？

我承認有某些生活上的習慣，如擺放物件的位置、自理如洗臉刷牙，都是一些雞毛蒜皮的事，沒什麼重要。但有一些習慣卻有重大的決定性，影響我們的人生，甚至我們的命運。

若你在YouTube上輸入百萬富翁的習慣，或成功人士的幾多個習慣等，不難找到一些人成功或致富，原來是受著他們有的良好習慣所影響。換過來說，一個人失敗或貧窮，都因為他們有一些不良習慣，如先使未來錢、有拖延的習慣等導致。所以，有些習慣對我們影響少一點，有一些卻影響重大。我們可以看看一些成功人物背後的習慣。

習慣的重要性

　　網上有不少良好習慣如何影響一個人成功的例子。筆者選了兩個大家都熟悉的人物，一個畫家、一個科學家。他們之所以成功，全因有良好的習慣，並持之以恆。兩則都是一些趣事，但背後卻看到習慣影響的深遠和威力。在此要介紹畫家齊白石，以及發明家愛迪生。

　　齊白石是我國著名的書畫家。他非常珍惜時間，從不浪費時間，他一直用一句警句來勉勵自己，這句警句就是：「不教一日閒過。」怎樣才算在一天中沒有閒過呢？他對自己提出了一個標準，就是每天要揮筆作畫，一天至少要畫五幅。雖然他已經九十多歲了，但還是一直堅持這麼做。

　　有一次，齊白石的家人和朋友、學生來給他過九十歲生日，在喜慶的氣氛中，他一直忙到很晚才把最後一批客人送走。這時他想，今天五幅畫還沒有完成呢，應該作完畫再睡覺，於是他拿起筆作畫，由於過度疲勞，難以集中精力，在家人的一再勸阻下，他才去休息。第二天，齊白石早早地起床了，家人怕他累壞身體，都勸他再多休息會兒，可齊白石卻十分認真地說：「昨天客人多，我沒有作畫，今天可要補上昨天的『閒過』呀！」說完他又認真地作畫了。

原來畫家除了藝術上的天分之外，勤力練習的習慣，是他們成功的重要原因。

　　接著介紹的是一位發明家。若要問電燈的發明者是誰，我們會異口同聲說是愛迪生。愛迪生小時候就是一個愛追根問底的孩子。愛觀察，愛想問題，愛追根求源是他向新奇的大千世界求知的鑰匙。在愛迪生四歲時，有一次到了吃飯的時候，仍不見愛迪生回來，他的父母很焦急，四下尋找，直到傍晚才在場院邊的草棚裡發現了他。父親見他一動不動地趴在放了好些雞蛋的草堆裡，就非常奇怪地問：「你這是幹什麼？」小愛迪生不慌不忙地回答：「我在孵小雞呀！」原來，他看到母雞會孵小雞，覺得很奇怪，總想自己也試一試。當時，父親又好氣又好笑地將他拉起來，告訴他，人是孵不出小雞來的。在回家的路上，他還迷惑不解地問：「為什麼母雞能孵小雞，我就不能呢？」從小就對事物的好奇心，養成了愛迪生探索科學知識的良好習慣。他強烈的求知慾和做實驗的願望，終於使他成為一個舉世聞名的發明家。所以，好的習慣能使人終身受益，並能獲得巨大成功。

習慣的分類

當我們談及習慣，其實有不同的分類。我粗略將習慣分成六大類。筆者想讀者知道不同人可能對習慣的理解不同，以及習慣可分為很多不同種類。包括：

1. 單一的日常活動（Single Everyday Activities）

2. 例行公事（Routine）

3. 習俗（Custom）、儀式（Ritual）、典禮（Ceremony）

4. 成癮（Addiction）

5. 性格（Character）

6. 提示獎勵的神經網絡循環（Cue Reward Neurological Loop）

這六類習慣中，從最新對習慣的研究中，第五和第六類是這本書的重點討論所在；其他四項就給大家一個概要。

習慣＝單一的日常活動 (Single Everyday Activities)

　　每天，我們都在進行一系列幾乎是不由自主地進行的活動，不須作有意識的思考。儘管其中一些活動可能更恰當地稱為「行為」，因為它們極其簡單且不需要什麼技巧，但其他活動則可以更為複雜和要求更高。儘管它們涉及技能，但我們都可能沒有意識到自己這樣做出動作。不少的活動和行為都包含在這一類習慣中，最細微的動作包括：過馬路時向兩邊看，在穿左鞋之前先穿右鞋，以及刷牙等。就像那些更複雜的事情，例如開車上班、烹飪熟悉的食物、說話、寫作和在健身室鍛鍊身體。這種習慣可描述為可重複的、相對簡單、幾乎是自動的行為。這些日常活動相對沒有好壞之分，只是做事情的先後次序和步驟，因為重複多了，便成為不用著意都可以進行的事！

習慣＝例行公事（Routine）

　　當例行程序用「習慣」一詞表示時，例行公事比單一的日常活動更複雜。日常生活包括排序和組合幾個簡單的活動，以期在一個人的生活中創造秩序。早上的例行公事如起床、刷牙、食早餐等；家庭例行公事如吃晚飯、跟小朋友溫書、說故

事等。另外工作程序如開會、覆電郵等，都屬於這一類習慣。近年大家多了注意早上的例行公事如何幫助自己好好開始一天的生活。

例如：每天定時起床、不賴床、吃一頓豐富的早餐、喝一杯咖啡、檢視當天要完成的重要任務、為一天的新開始你仍然有健康和生命氣息而感恩、說一些自我鼓勵的說話等。有家人的，可能給他們一個擁抱才離家上班去。

習慣＝習俗（Custom）、儀式（Ritual）、典禮（Ceremony）

有別於簡單的活動和例行程序，習俗（custom）、儀式（Ritual）、典禮（Ceremony）等因為充滿了更大的象徵或文化意義，並且通常由集體實踐；因此在社會學中，「習俗」被定義為「個人習慣的集體形式」，它源於群體的重複行為和活動，特別具有神聖或宗教意義，並包含一套正式的行為。著名的人類學家Victor Turner聲稱，文化中存在的儀式可以帶來社會凝聚力，使個人能夠過渡到新的地位和角色，例如青少年的成年禮就是一個例子。

作為一個基督徒，我每個星期日會視為聖日，會返教會崇拜。每年教會都有一些重要的宗教節日，我都會跟家人一起參加受難節、復活節、感恩節、聖誕節等教會的特別聚會。我自己家庭也設立了一個年終家人相聚數算一年各人的成就和感恩的儀式，彼此一起祈禱，將來年的願望交託給上帝。

習慣＝成癮（Addiction）

　　談論食用香煙、海洛因、酒精或咖啡因的習慣是一種常見的說法。當在這種情況下用上「習慣」時，它表示上癮。除了各種形式的藥物濫用之外，成癮還可以應用於性、暴飲暴食、電子遊戲、賭博和其他行為。跟其他類型不同，成癮是一種依賴狀態，基於該行為滿足生理、心理或兩者需求的能力。我們大多數人都曾目睹有藥物濫用問題的人，儘管知道其可能產生的不利後果，但他們仍無法抗拒成癮給他們即時的滿足。成癮多數被歸類為壞習慣，但其根源是比較複雜的心理問題，需要專業團隊的介入，不過本書不會著力討論成癮的問題。

　　近年一個相對普遍的成癮問題是機不離手（phone addiction）的問題，它的影響廣泛，男女老少都可能有放不下手機的問題。所以會在壞習慣的篇章中，加上如何跟智能電話脫鈎的討論和建議。

習慣＝性格（Character）

　　與前四個類別不同，習慣也被解釋為性格的組成部分。從這個意義上說，它們被概念化為以特定方式表現、行動、思考或感受的傾向，習慣是人類建立自我的方式。

　　最經典的說法是這樣的：「有怎麼樣的思想，就有怎麼樣的行為；有怎麼樣的行為，就有怎麼樣的習慣；有怎麼樣的習

慣，就有怎麼樣的性格；有怎麼樣的性格，就有怎麼樣的命運。」

習慣作為性格也是本書的一個強調的重點，因為性格會決定我們的人生取態，諸如一個人是傾向於作弊抑或遵守規則、是大膽抑或謹慎、是整潔抑或凌亂、是有條不紊抑或不規律地思考等性格，都是這種習慣的例子。

這些因性格取態帶來截然不同的揀選，其實也決定了我們的命運。在第五章習慣決定命運，我們會有更詳細的表述。

習慣＝提示獎勵的神經網絡循環
（Cue Reward Neurological Loop）

第六種習慣的分類是近年心理學家的關注重點所在。就是觀察我們的習慣滿足了我們一些渴求，透過一些提示，引發我們的慾望，接著完成習慣來得到獎勵。這個過程在我們的大腦因著重複的行為而起了變化，讓習慣形成。這也是下一章習慣形成的主題，在這裡先賣個關子。

我想透過分享自己一個游早水的習慣，來增加大家對習慣的趣味和自我察覺的能力。你也可以開始留意自己的一些習慣的形成過程。

有怎麼樣的思想，
就有怎麼樣的行為；
有怎麼樣的行為，
就有怎麼樣的習慣；
有怎麼樣的習慣，
就有怎麼樣的性格；
有怎麼樣的性格，
就有怎麼樣的命運。

Life is good.

🌱 記自己游早水的習慣

記得2005年自己趕寫博士論文那年，因為長時間低下頭工作，頸項在C5、C6的位置有骨刺，令右手由肩到手指都劇痛，甚至不能提筆寫字。最終要透過針灸、脊醫的治療，才慢慢康復過來。醫生鼓勵我要定期游水作物理上的治療，令肩頸能放鬆下來。自始我就養成了每星期游水兩至三次的習慣。

家住九龍城，之前我習慣駕車到德福的德藝會游水，因為駕車車程十分短途，不需10分鐘就能到達。今年因為取得樂悠卡有2元的優惠，我便改變了這個駕車去游水的習慣。

我習慣乘16號巴士到九龍灣，巴士準時6:38分到達我家附近的車站，我大概6:35分之前就要出門。若早一晚已預備好游泳的裝備，起床出門口就更順暢。

疫情緣故，我也要被迫養成新的習慣，包括要帶口罩和手機。今時今日，帶手機比帶銀包更加重要。我習慣出門前會自己拍拍電話、口袋是否帶齊所需物品。

參加德藝會我是採取年費方式的，因為已經交了費，不去就會覺得不值，這也是很好的誘因，迫使我每星期最少去游兩次水。

換泳褲、戴游泳的眼罩，這些過程是完全「自動波」，不過若提高自覺，也會發覺當中有一定次序，自動過程中也有其方便的習慣在其中。

　　養成這個風雨不改的習慣，除了是治療和預防骨刺復發之外，游水的過程中，藉肢體的運動也會分泌安多酚，令自己有舒暢的感覺。游泳後肩頸確實是得到放鬆，游泳後的當天早上，工作起來也是精神奕奕的。這大概是這習慣的報酬吧。

　　另外，在游水過程中，自己在泳池暢游是一個獨處安靜的時刻，因為游泳的動作是全自動的，腦袋反而可以放空，大可以利用這個空間反省生活上一些事情和當中的感受，有時亦可以計劃一下當天的事務，這個心靈的空間是我十分珍惜的。

　　疫情期間，泳池關閉了好幾個月，沒得游泳的日子，總覺得自己身體有些若有所失，甚至肩頸都出現微痛的現象，要做些拉筋來替代。一聽到泳池放寬重開，我第一時間便重拾這習慣。

　　在工作壓力大的日子，肩頸的緊張成為我去游泳的提示（Cue），時間安排到，我會多去游泳一天。屈指一數，這是我十七年來，建立和維持的良好習慣之一，骨刺的問題也再沒

有出現過呢！我想當中取得的暢快感和治療作用，是幫助我長久維持這習慣的原因。

　　接著我會更詳細論述提示獎勵的神經網絡循環（Cue Reward Neurological Loop），解釋養成習慣的因素和方法。

你可以讓習慣改變命運

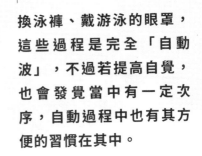

換泳褲、戴游泳的眼罩，
這些過程是完全「自動
波」，不過若提高自覺，
也會發覺當中有一定次
序，自動過程中也有其方
便的習慣在其中。

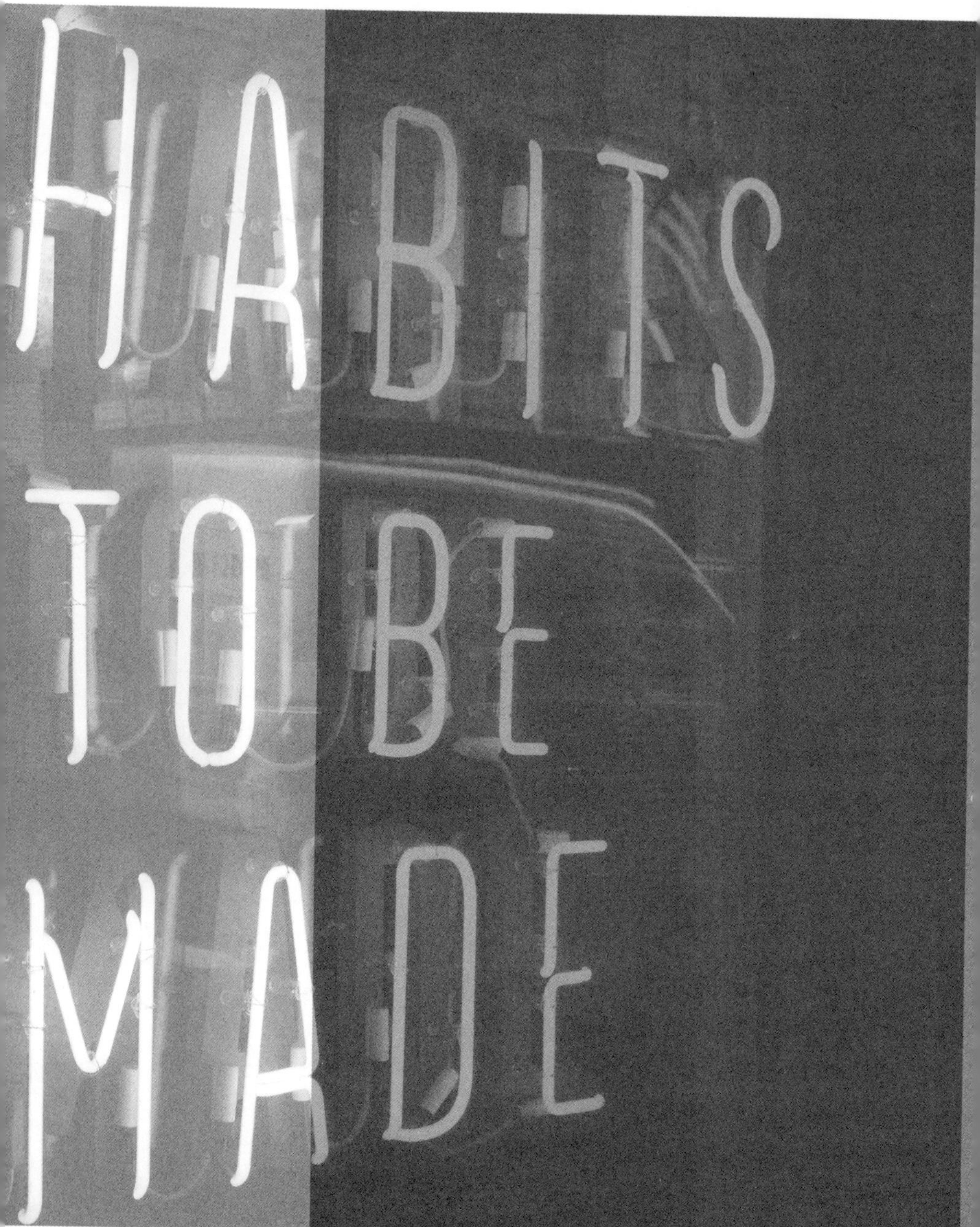
HABITS
TO BE
MADE

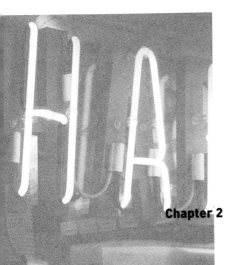

Chapter 2

習慣的形成

習慣的形成

習慣是一條巨纜——我們每天編結其中一根線，到最後我們最終無法弄斷它。

—梅茵

習慣其實是一個心理學好早期就研究的課題，早期的行為主義者John Watson在1910年代，將習慣描述為通過刺激和反應的重複關聯形成的行為模式。不過他的主張給人丟淡了，直至近十年，有關討論的著作又再像雨後春筍般多起來。

談到習慣的形成，我在此介紹三本重要著作。包括：

- Charles Duhigg 2014年出版的*The Power of Habit*
- James Clear 2018年出版的*The Atomic Habit*
- Wendy Wood 2019年出版的*Good Habits, Bad Habits*

作者對習慣的形成都有相當接近的描述，只是用的字眼和重點有一些出入。

Duhigg及Clear的習慣模式簡介

　　根據Charles Duhigg的《習慣的力量》一書理解，習慣的組成部分稱為習慣循環（Habit Loop），是支配任何習慣的神經迴路。習慣循環由三個要素組成：提示（Cue）、例行程序（Routine）和獎勵（Reward）。了解這些要素，有助於了解如何改變壞習慣，又或養成更好的習慣。

習慣循環 （The Habit Loop) 開始

　　James Clear提出了習慣的四個階段，你可以說是將Charles Duhigg的Habit Loop加插了一個Craving的元素。

 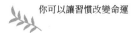

所有習慣的形成皆循同樣的四個階段發展：提示、渴望、反應、獎勵

提示（Cue）是觸發大腦注意到獎勵或快樂機會的元素。提示可以是氣味、聲音、事件，或任何其他觸發慾望的東西。這種慾望被稱為渴望。

渴望（Craving）是依附於某個線索的情感相關性中。當你注意到這個提示時，大腦會預測你的身體或情緒狀態有機會改變。你渴望改變帶來的滿足感，而這種渴望促使你採取行動。

反應（Response）是為引起你想要的改變而執行的實際行為或習慣。你的大腦會提示你採取某種行動，相信這會產生你想要的滿足感。

獎勵（Reward）是從所採取的行動中獲得的滿足感。你已經成功地滿足了你的渴望，並改變了你的身體或情緒狀態。大腦建立了一條從提示到這種愉悅狀態的途徑。每次你體驗到相同的暗示時，大腦都會被觸發再次渴望那種快樂。系統將提示你執行相同的操作，從而養成習慣。

習慣的一個基本組成部分是渴望。渴望是當你得到提示時對獎勵的預期，甚至在你真正得到獎勵之前。這種渴望會推動你完成日常工作，以便你在習慣結束時獲得獎勵。如果你不按常規去做，你就得不到回報；渴望得不到滿足，你就會不開心。

讓我們用更多現實生活中的例子來具體說明這一點。

這個習慣過程是這樣的：

· 提示：你在上班的路上經過一家咖啡店，嗅到新鮮的烘焙咖啡味道。

· 渴望：咖啡給你能量，你想感到精力充沛。

· 反應：你買了一杯咖啡。

· 獎勵：當你到達工作崗位時，已經迫不及待喝一口香濃的咖啡。

Charles Duhigg用例行程序（Routine）形容習慣的行為；而James Clear則用反應（Response），其實都是大同小異。

如何建立良好習慣

第一定律 (提示)：	讓提示顯而易見
第二定律 (渴望)：	讓它有吸引力
第三定律 (反應)：	讓行動容易完成
第四定律 (獎勵)：	令人滿意

James Clear的貢獻在於就著這四個階段提出了令習慣順利形成的規律，他稱為行為改變四定律，這是一組簡單的規則，我們可以用來建立更好的習慣：

（1）讓提示顯而易見。

（2）讓它有吸引力。

（3）讓行動容易完成。

（4）令人滿意。

透過足夠的練習，你的大腦會在沒有意識地思考的情況下，捕捉到預測某些結果的線索。

Wendy Wood的研究成果

　　至於Wendy Wood，是一位出生於英國的心理學家，自2009年以來一直擔任南加州大學心理學和商業教務長教授。她的主要研究集中在習慣的本質及其對行為的影響。習慣是人們透過重複經驗學習的認知聯想。每次在相同的處境（Context）中重複（Repeat）一個行為以獲得獎勵（Reward）——達到目標，感覺良好時，處境和獎勵反應之間的記憶就會形成聯繫。經過足夠的重複後，當人們處於那種環境中，習慣性反應就會自動激活。因此，習慣是一種思維捷徑，可以減少決策，讓我們更容易重複我們過去所做的事情。

　　她也強調阻力（Friction）的觀念。當環境有助促進容易行為的重複出現，並且行為本身是有益的時候，那行為便最有可能形成習慣。重複的容易程度反映了阻力，當行為需要很少的時間、要步行的距離短，或付出努力較少時，阻力便很低。反之，即使是細微的阻力也會影響行為，當研究人員將電梯門的關閉速度減慢16秒時，人們乘坐電梯的可能性減少，更有可能以步行樓梯代替。

　　Wendy Wood舉了一個個人的生活例子：「我發現如果我買了很多新鮮蔬菜，往往只會放在冰箱裡，不多食用它們，最後我會把它們扔掉。但如果我買那些已經處理好的蔬菜如盒裝的沙律菜，那麼讓自己吃起來會容易得多。儘管我討厭把多餘

的錢花在處理好的蔬菜上，但最終它為我節省了錢，因為我更有可能吃它們。因此，了解什麼會為你消除阻力很重要。」

另外，她特別強調環境比意志力（will power）更能左右我們習慣的形成。

改變你的環境，讓行為更容易重複，從而成為一種習慣。如果人們生活在步行環境中，他們更有可能步行。如果他們住在公園附近，他們更有可能到公園做運動，鍛鍊身體。如果你乘坐公共交通，你比駕車的人更有可能鍛鍊身體，因為步行去乘車已經是一種運動。所有這些都是你可以改變的，讓事情在你的生活中變得更容易一點，然後它們更有可能成為一種習慣。

她作為一個習慣的研究學者，進行了不少量化的數據研究。例如：

在2017年2月至2017年3月期間，一家數據分析公司使用來自750萬台設備的手機記錄研究了這個問題。他們分析了使用移動裝置如智能手機的人前往付費健身中心的距離。到健身室的平均距離為3.7英里的人，每月去健身房五次或更多。那些距離大約5.1英里的人，每月只去健身室一次。這個看似很小的差異（不到一英里半），將那些有鍛鍊習慣的人和那些很少去的人區分開來。對於我們有意識的頭腦來說，這麼小的距離作為障礙看似沒有意義；但距離遠了，顯然與人們是否習慣性地鍛鍊有關。我們普遍認為「自我控制」的良好效果，其實應該更準確地描述為情境控制（Situational Control）。

最成功的人具有情境控制能力。他們能夠利用有助於實現目標的正確力量來塑造他們的環境，自控變得更容易。

簡單來說，Wendy Wood對習慣形成的重點有四：

1. 創造一個穩定的環境

2. 減少阻力

3. 讓它有吸引的回報

4. 重複直到它變成自動

Wendy Wood其中一個貢獻是提出重複的重要性，像以下的圖表。習慣能夠成為自動，是透過不斷重整。重複次數到C點，這行為便成為自動化習慣，而這個過程會影響我們大腦的運作。Wendy Wood透過大腦的功能，給我們解釋得很清楚。

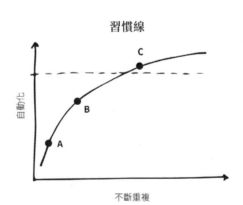

起初（A點）一個習慣需要一定的努力和專注才能做到，經過幾次重複以後（B點）會變得容易，但做的時候仍需要有意識地注意留心。經過一定的練習以後（C點），那習慣會變得自動化多於有意識地做出來。跨出了這個區域（習慣線）以後，一個行為大致上已不用思考而自然地做出來，此時就是一個新習慣的形成。

習慣與大腦的運作

功能性核磁共振（Functional MRI）掃描，讓研究人員可以窺探在「自動波」和有意識的任務中活躍的各個神經網絡。學習新任務的人的腦部掃描顯示，前額葉皮層和海馬體（prefrontal cortex and the hippocampus）的活動，這些網絡與決策和執行控制相關。隨著任務的重複，大腦活動進入殼核和基底神經節（putamen and the basal ganglia）的區域，就是Wendy Wood所說的「我們大腦的基本機器」深處。在那裡，一項任務變成了一種習慣。

大腦中這些更原始的區域需要更少的精神能量，或說是我們的大腦懂得節約能源。成了習慣，就不用花心力去作行動的決定。

整個動作序列相互關聯，這一過程稱為「分塊」（Chunking）。若你是一個駕車人士，當我們打開車門坐好，不需要什麼思考便繫好安全帶，跟著打開點火裝置、啟動汽車、檢查後視鏡和盲點、踩油門這些個別的動作。所有這些步驟，在記憶中被分塊成一個個單元，都是由進入汽車的環境提示觸發的。這讓我們可以專注於最需要有意識關注的事情，我們可以考慮要去哪裡或一天的任務，並留意路上的任何異常情況。

Wendy Wood解釋說，有雙重思想在起作用。一個是學習新事物時作決定的思維系統（Decision-making Mind），另一個是成為了習慣的思維（Habit Mind）。當我們有意識地參與時，是運用那作決定的思維系統。這思維系統會考慮我們的行為方式會否滿足我們想要的結果；然而我們的意圖可以迅速改變，我們可以有意識地決定未來我們想做的事情，而可能與過去的不同。

然而，當習慣性思維（Habit Mind）投入被應用時，我們的習慣很大程度上是在意識之外發揮作用。我們不能輕易解釋自己如何養成習慣，或為什麼要這樣做，同時我們要通過反覆的經驗，它們才會慢慢改變。

Wendy Wood做了一個有趣的研究，是關於吃爆谷的。

研究的參與者被要求品嚐爆谷，正如預期的那樣，新鮮的爆谷比放久了的更受歡迎。但當參與者在電影院吃爆谷時，那些有在電影院吃爆谷習慣的人，吃放久了的爆谷與新鮮爆谷組群的參與者吃的一樣多。Wendy Wood打趣說：「深思熟慮和有意識的頭腦很容易出軌，人們傾向於回歸習慣性行為，40%的時間我們沒有考慮自己在做什麼，習慣使我們能夠專注於其他事情，意志力是一種有限的資源，當它用完時，你就會依賴習慣。」

或者下面的兩張圖，可以解釋這現象。

當你重複這個動作時，大腦中特定的神經網絡就會被激

活。然後這些網絡被包裹在髓鞘中（Myelin Sheath），髓鞘是大腦的絕緣物質，作用是使神經元連接運行得更順暢、更快。事實上，在反覆練習某種行為之後，髓鞘會慢慢厚起來（由圖一轉型到圖二），神經元會變得非常絕緣，並且可以比最初創建時快一百倍。

神經元開始快速連接，如果你足夠頻繁地重複一個行為，這些通路就會更快、更自動地發展和運行。

人類大腦（簡圖）

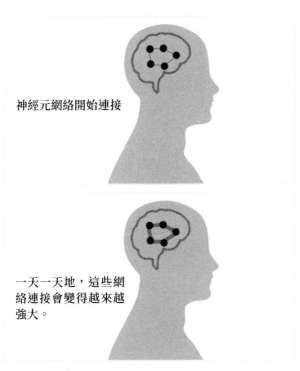

神經元網絡開始連接

一天一天地，這些網絡連接會變得越來越強大。

🌿 小結

這三本著作都是研究習慣的經典和入門書。雖然幾位作者的重點略有不同，除了習慣如何形成之外，他們分別在如何有效建立習慣、改變習慣等課題上，皆有不少洞見，並提出有效的方法。接著我會在不同的篇章中，引介他們精彩的發現。

可以說，Charles Duhigg於2014年出版的*The Power of Habit*是最基本的論著，他對改變不良習慣時如何分析獎勵一點上極有洞見。在改變壞習慣時，我會再詳細介紹。

James Clear於2018年出版的*The Atomic Habit*，是提供最多實用技巧的一本，例如Habit Stacking、Temptation Bundling等，我將會在第四章介紹他提出的建立習慣的技巧。

Wendy Wood於2019年出版的*Good Habits, Bad Habits*則臚列最多研究成果，雖然帶點學術性味道，但當中也有不少趣味的數據分析和實用的建議。

我曾經接觸過一位應屆的DSE學生June，因為這兩年疫情的緣故，許多時上堂、溫書，都只有她獨自一人在家中度過。年輕的她十分注意自己的外表和身形。她有一個情緒問題，讀名校的她，成績算是中上，她希望能考得好成績。但化學這一科對她來說有點艱難，於是她尋求補習老師的協助。她有一

個習慣，就是在家中溫書預備考試的時候，特別是溫習化學這科，或遇到不懂的試題，她減壓的方法就是吃零食。只是零食吃多了，留在家中溫書又少了做運動，她因此胖了不少；此時她又因為胖了而不開心，所以她感到雙重的壓力，擔心成績及體胖問題。

我透過Zoom跟June約談，幫助她先識別線索和獎勵，她每逢溫習化學科時，因為覺得自己不足而感到壓力，這觸發（trigger）了她想去吃零食，其實是一種減壓的方法。吃完零食她會短暫感覺良好，但不久又要面對化學科實際的困難，和增肥後的不快。我跟June分析了這過程後，大家協議她少買零食放在家，少量的零食都要放在一個老遠很麻煩取到的地方。她亦發現，如果遇到化學難題時，她可以找一位這科成績比較好的同學問功課，即使找不著，也可以另找一個朋友聊10-15分鐘，壓力得以舒緩後，她就可以不需要用零食來減壓。

我也有跟June討論過，她其實亦可以用跑步來減壓。每當她溫書到一個壓力位，不妨到公園跑步30分鐘。這方法既可以減壓又可以減肥，無疑是一箭雙鵰呢！

Chapter 3

習慣為什麼要從「小」開始

習慣為什麼要從「小」開始

Success is the sum of small efforts repeated day in and day out.

—*Robert Collier*

　　每年的一月可能是一年中談論行為改變最佳的時間，不少人都會在新一年立志。像很多人一樣，你可能在朋友面前說出了新一年的宏圖大計，以某種方式讓自己變得更好。但現在一年的第一個月過去了，到二月時你注意到新年立志行為的變化，要維持自己的承諾，繼續堅持所需的決心並不容易；說不定你已經放棄了。望著其他人能一步步邁向訂下的減肥目標、開始負責任的財務行為、一年讀一百多本書的大計，但你似乎沒有半點進展。你開始懷疑自己做錯了什麼？

不要怪責自己。養成好習慣不是一件容易的事；而好消息是：你大可以從「小」開始。

養成習慣就像種一棵植物

史丹福行為設計實驗室（Stanford Behavior Design Lab）創始人BJ Fogg在他的書*Tiny Habits: The Small Changes That Change Everything*中，談論以最小的努力實現最大的生活方式，他打了一個簡單的比喻，說養成習慣就像種一棵植物。

1. 你從微小的東西（種子或芽胚）開始。

2. 你會在你的花園裡找到一個適合它的好地方（適當的土壤、光線、水分）。

3. 你滋養你的小植物，這樣根就建立起來了。

讓我們將以上幾點應用到習慣形成的原理上：

1. 你從一個微小的行為開始。

2. 你會在日常生活中為這種微小的行為找到一個好地方。

3. 你滋養了你的微小行為，使它在你的生活中牢固地建立起來。

當你做這三件事時，你的新習慣就會發芽生根。

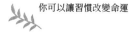

BJ Fogg強調微小行為（tiny）的重要。原因是跟我們與動機的特質有關。是的，新年立志的第一個月你是志氣高揚的，但我們的動機是一個不容易維持的東西。我們先看他提出的理論──Fogg Behavior Model。

說到行為，BJ Fogg認為有三個組成部分：

B=MAP

〔行為 = 動機（Motivation）、能力（Ability）、
提示（Prompts）〕

那條行動曲線（Action Line）顯示的是動機和能力有一種補償關係。如果你的能力（Ability）很弱──行為很難做到──那麼動機（Motivation）就必須要高；否則你不會超過行動線。所以如果行為真的很容易做到，那麼我們就不需要太多的動力，我們只需要一個提示（Prompts），行為就能發生。

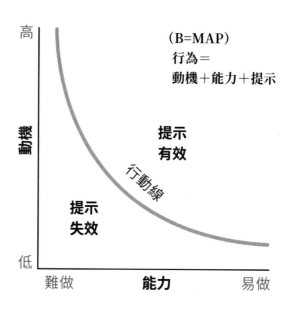

Fogg 行為模型

（B=MAP）
行為＝
動機＋能力＋提示

動機

高

低

提示
有效

行動線

提示
失效

難做　　　能力　　　易做

舉個例子，假若你是一位父親，你兒子正在火場中。從燃燒的建築物中救出你的孩子是一件很難的事情，但高動力會讓你超越行動線，並迫使你進入火場。

簡單來說，難做的事需要更大的動機，才能達至行動線之上。易做的事情不需要大的動機都能被啟動。動機和能力，可以說是一起工作的隊友。

以處理垃圾為例：

- 行為（B）：你把垃圾處理。

- 動機（M）：你想配偶不再嘮叨你，也讓你的房子不再有臭味。

- 能力（A）：很容易把垃圾袋包紮起來，走十步到你後樓梯的垃圾桶。

- 提示（P）：由你配偶提示，也許還有你鼻子的嗅覺。

為什麼要從小開始？

作為一位行為科學家，Fogg知道這是一個事實：困難的行為需要高度的動機。千里之程始於足下：千里遠的路程是從邁開腳下的第一步開始。比喻任何事情的成功，都是由小到大，逐漸累積而成的。

你應該在自己的生活中看到了這一點。如果你面臨艱鉅的任務，例如清潔整個家居，除非你的積極性很高，否則你不會這樣做。Fogg分享了一個家居清潔的例子。有一位朋友Mary告訴他：當她需要徹底打掃她的家居時，她會邀請朋友過來家訪。她知道這會提高她的動力，她會完成艱鉅的清潔任務。但Mary不容易養成定期清理家居的習慣。她只是製造清潔緊急情況，迫使自己行動。作為一般人，我們對任何行為的動機水平，都會隨著時間的推移而上升和下降，這個很自然。而且你不能總是依賴高水平的動力，所以依賴動機來養成習慣是行不通的。接待完朋友，你的家居很快就打回原形。

Fogg在他的方程式上，是傾斜將那件事變得容易做，而不是提高動機。

「小」（tiny）給你容易有成功感。當一個行為真的很容易時，比如把一本雜誌放回書架上，你不需要依賴動機。你只須將雜誌放回書架上，就完成了。

 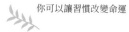

反之，行動一開始就非常困難，那麼失敗的機會就相當大。例如，你要自己每天一次過做二十次掌上壓，最終習慣會落空如下圖：

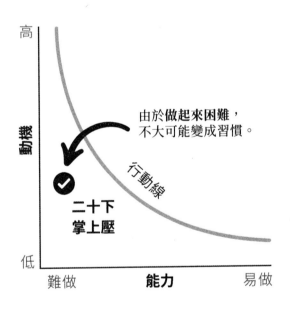

在建立小習慣方法時，我意識到如果自己從一個簡單的行為開始改變過來，那麼就不必擔心動機會出現波動；相反，我可以專注於使微小的行為自動化，讓行為慢慢養成一個習慣。

當習慣重複的次數多了，那行為就變得越來越容易。看下圖：
1→2→3→

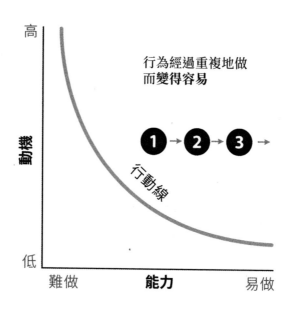

你可以讓習慣改變命運

當一個行為真的很容易時，
比如把一本雜誌放回書架
上，你不需要依賴動機。

🌿 一分鐘養成跑步習慣的故事

Christin Carter在TED Talks中分享了一個「一分鐘養成新習慣的秘訣」，這是一個心理學家養成習慣的心路歷程。讓我們聽聽她的現身說法，她的分享充分帶出微小行為的重要性。

作為心理學家，儘管她已經用一種有效的、基於科學的習慣養成方法指導人們，但她自己卻能醫不自醫。說實話，在新冠肺炎大流行的頭幾個月，她或多或少地拒絕聽從自己最好的建議。

這是因為她喜歡設定雄心勃勃的目標。對她來說，養成一個好的小習慣，遠不如擁抱一個大的目標那麼令她興奮。

以做運動為例。當冠狀病毒來襲時，她樂觀地相信自己可以重新開始戶外跑步的想法。她選擇了半馬拉松來訓練，並花了一週左右的時間，精心設計了一個非常詳細的訓練計劃。但實際上她這個雄心勃勃的訓練計劃，只堅持了幾個星期，所有這些計劃和準備都間接導致鍛鍊失敗。儘管她清楚知道運動的重要性，及其帶來的健康，但她還是跳過了訓練。

事實是，我們是否有能力遵循我們最好的意圖，養成一個新的習慣（比如運動），實際上並非取決於我們會這樣做的原

因；亦非按我們對特定行為的好處的理解，甚至不是依賴我們的意志力。反之，她討厭不擅長的東西，她放棄鍛鍊是因為她不願意做事做得差勁。

我們做的事情越難，我們做那件事的動力就越大。你可能已經注意到了，但是動力並不是總能在我們掌控下得到。不管我們喜不喜歡，動力像風，來了又去。當動力減弱時，我們人類傾向於遵循最少努力的法則（Law of the Least Effort），這意味著我們傾向做最簡單的事情。新的行為往往需要付出很多努力，因為改變真的很難。為了建立跑步習慣，她需要停止嘗試夢想自己成為一名真正的運動員的高言大志。越追求完美，就越容易訂出極高的自我要求；因而出現不達標，容易落入不滿自己的狀態。

Christin改變策略，她再次開始鍛鍊，不過一次只跑一分鐘。每天早上刷完牙，她會更衣走出門，唯一的目標就是跑一分鐘。在心情好的日子，她通常會跑十五或二十分鐘，但在她完全沒有動力或感覺沒有時間的日子裡，她仍然會跑一分鐘。這種最少（minimal）的努力，總比她什麼都不做要好得多。

所以嘗試做一種「好過無」（better-than-nothing）的行為，看看情況會如何。記住，目標是重複，而不是高成就。無論你想做什麼，讓自己「平庸」就可以了，重要是每天都要邁出那一步，事實上這比什麼都不做好。請想像一下你正在開始做某件事，通常起步是最難的部分。透過開始，我們便在大腦中建立一個新習慣的神經通路（Neurological Pathway），這使我們更有可能在那些雄心壯志的事情上取得成功。

為什麼會這樣？因為一旦我們把一個習慣植進大腦內，我們就可以不假思索地做到這一點，因此不需要太多的意志力或努力。一個「好過無」（better-than-nothing）的習慣，因為非常容易一次又一次地重複，直至它處於「自動駕駛」狀態。即使我們沒有動力，即使我們很累，即使我們沒有任何時間，我們也可以輕易做到。一旦我們開始「自動駕駛」，那就是我們的習慣可以有機會擴展的黃金時刻。

只跑了幾天一分鐘後，她開始真正渴望繼續跑步，不是因為她覺得她應該多運動，或者因為她覺得自己需要給鄰居留下深刻印象之類，而是因為繼續奔跑比停下來感覺更自然。勝過一無所有的習慣，背後的整個想法是它不依賴動機，不需要有很多的能量。你不必做得完美，只要做一些不需要什麼雄心壯志的事情，做一些比「好過無」（better-than-nothing）的事情就可以。同樣地，如果你感到任何形式的阻力，請不要做更多，只須做最低要求便可。

她很高興地總結，經過幾個月的奮鬥，自己現在是一名每天都跑步的人。當我們放棄我們的偉大計劃和雄心壯志，轉而邁出第一步時，我們就會轉變。弔詭的是，只有在這個微小（tiny）的轉變中，我們的偉大計劃和雄心壯志才能真正實現。

Fogg 的建立習慣模式簡介

Fogg建立習慣是一個三段式（ABC）的模式：

A. 錨點時刻（Anchor Moment）：提醒你去做新的小行為的關鍵時點，例如一個既有的慣例（像是刷牙）或發生的事件（比如電話鈴響）。錨點時刻（Anchor Moment）有著它的優勝之處，外部和內部提示會分散注意力和降低動力。如果你用鬧鐘來提示你的新習慣，你需要停止手頭的行動並轉向你的新習慣。但是，如果你使用動作提示，這起動的推動力會將你從一種行為帶到下一種行為，並且你將需要更少的動力來開始你的新習慣。

B. 新的小行為（New Tiny Behavior）：錨點後立刻去做的行動，是新習慣的簡化版，例如用牙線清一顆牙或做兩下掌上壓（push up）。而新小行為（New Tiny Behavior），BJ Fogg建議將每一個新習慣縮小到最小的版本，這樣你就不需要依賴動機。你可以通過減少數量或只做第一步，來開始你想要的習慣。例如：

1. 60分鐘冥想練習的最小版本是一次呼吸冥想。

2. 計劃一天的行程的最小版本是寫下一項待辦事項。

3. 看一本書的最小版本是看一頁書。

你的目標是找到一個你可以在30秒或更短的時間內輕鬆完成的行為。

C. 立即慶祝（Instant Celebration）：完成新的小行為後立刻做，任何能創造正面情緒的事情，像是說「我做得不錯」！當你在做了最微小的習慣後，給自己穩定劑量的慶祝，你的動力（Motivation）會穩步增長。當你的動力增加，你會在「行動線」上走得更高，並且可以完成更艱難（hard to do）的任務。

Fogg這樣解釋：「當你在某件事上感到成功，即使是很小一件事，你的信心也會迅速增長，並且會更有動力去養成這個習慣，再次執行相關行為。我稱之為成功動力（Success Momentum）。令人驚訝的是，這是由你的頻率造成的成功，而不是大小問題。你可以拒絕學習慶祝這些小成就，但請注意，這其實是你選擇了不去養成習慣。對於大多數人來說，學習慶祝的努力是成為一名習慣的忍者。」

以下是一個養成小習慣的清單：

錨點時刻 Anchor Moment	新的小行為 New Tiny Behavior	立即慶祝 Instant Celebration
當（After I）	我會（I will）	將習慣植入我的大腦，我會立刻為做到的小習慣而慶祝。
當我坐下開始一日的工作	我會關掉手提電話社交媒體的即時提示（notification）	我給自己一個微笑面部表情，來慶賀自己小小的成功（small success）。

你可以讓習慣改變命運

請按照以上的公式，為自己設計一個小習慣吧：

錨點時刻 Anchor Moment	新的小行為 New Tiny Behavior	立即慶祝 Instant Celebration
當（After I）	我會（I will）	我會立刻這樣慶祝

Chapter 4

建立習慣的理念和工具

建立習慣的理念和工具

習慣真是一種頑強而巨大的力量，它可以主宰人的一生，因此，人從幼年起就應該通過教育培養一種良好的習慣。

—培根

筆者作為一位成長心理學的研究者，我對一些成長、成功、改變等課題十分感興趣。身邊的朋友知道我是一個多產作者，經常問我最近可有寫作。有好一段日子，我停了下來，因為已經出版七十多本關於成長、兩性、夫婦關係、男性性別角色等書，這兩三年來都沒有什麼新的課題想探討了。

不過要預備退休的我，非常羨慕一些五十出頭就經濟無憂，在財務上自由的人，所以開始多看了一些成為富翁的書。我發覺一個人能否成為富有的人，跟如何處理金錢的習慣有關，之後我另有篇幅處理這課題。舉一個簡單的習慣，富有的人會量入為出、不先使未來錢，會用錢幫自己再搵錢。自此，自己開始關注有關習慣的新書和新的理論。

原來，在如何建立良好習慣和改變壞習慣的事情上，已有不少新的著作和研究。筆者一向喜歡將大量的相關材料消化和整理，寫作其實第一個讀者就是自己。一路看著書本或YouTube，燃起了我對這課題的濃厚興趣。除了理論外，我發現也有不少新的建立習慣的工具，相當實用和有趣。

　　這章我就會介紹五個建立習慣的工具，看你能否用得著。

1. 誘惑捆綁 Temptation Bundling
2. 承諾裝置 Commitment Devices
3. 習慣堆積 Habit Stacking
4. 執行意圖 Implementation Intention
5. 習慣追蹤 Habit Tracker

誘惑捆綁（Temptation Bundling）

我們得承認，有不少良好的習慣未必是我們喜愛，很容易就能養成的。中國人常說苦口良藥，但我們卻喜歡甜品。當苦藥和甜品放在面前的時候，我們人性的傾向是揀選帶來暢快和即時滿足的事物，那些苦盡甘來的東西，我們意志高昂的時候或者可以勝過引誘，但維持不久，我們又軟弱無力了。

習慣與誘惑同舞

這就是「誘惑捆綁」技術發揮作用的地方，這是由賓夕法尼亞大學沃頓商學院助理教授凱瑟琳·米爾克曼（Katherine Milkman）所提出。誘惑捆綁是一種巧妙的方法，可以利用獎勵——或者你喜歡做的事情，那些提供即時滿足的罪惡快感——以調用意志力來獲得所有你不想做的事情，而這些事情會帶來長期的利益。從本質上講，這是一石二鳥，做你想做（want）的事和應該做（should）的事，但只能一起做，沒有另一個，事情就不會發生。獎勵並非因為你完成了你應該做的事情，而是你在完成該任務的同時也可以做的事情。

下面兩張圖就將苦藥（應做的事）與甜品（想做的事）作對比，沉迷即時享樂，最終帶來長遠不良後果；反之，起頭會難、會艱辛，最終卻會帶給你健康和自豪感。

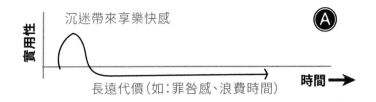

沉迷帶來享樂快感 Ⓐ

實用性

時間 ➡

長遠代價（如：罪咎感、浪費時間）

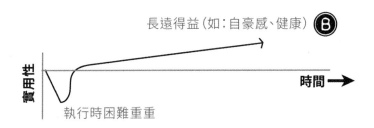

長遠得益（如：自豪感、健康） Ⓑ

實用性

時間 ➡

執行時困難重重

假設你真的想去健身室以改善你的健康，但你又真的不喜歡去，反而喜歡下班後在Netflix上追看你最喜歡的節目，可是看電視一兩個小時後，你會感到內疚，覺得你的時間本可以更有效地度過，自己應該去健身室。

通過誘惑捆綁（Temptation Bundling），你可以將看Netflix作為進入健身室的動力，並以此為你該做事情（should）的獎勵。這意味著你可以將看Netflix的時間限制在你鍛鍊的同一段時間──即只有在健身室時才可以觀看你最喜歡的節目。一旦離開健身室，你很自然會想知道劇情接下來會怎樣，而找出答案的唯一方法（也就是說如果你堅持計劃），就是用能夠看下一集來獎勵自己留在跑步機上。

誘惑捆綁其實是將上面兩張圖A和B合併。出來的效果會變成這樣，如下圖：

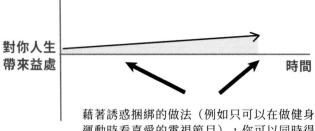

藉著誘惑捆綁的做法（例如只可以在做健身
運動時看喜愛的電視節目），你可以同時得
到短暫的沉迷享樂感，以及因持續執行好習
慣而帶來的長遠益處。

有工程專業學生運用他的工程技能，成功拆解了他的跑步
機，將其連接到他的筆記本電腦和電視。繼而，他編寫了一個
電腦程式，該程式只有在他以一定速度跑步時才允許Netflix
運行。如果他放慢速度太久，那麼正在觀看的任何節目都會暫
停，直到他再次開始跑步。

故此，誘惑捆綁的工作原理就是將你想要執行的操作，跟
你需要執行的操作聯繫起來。在這位工程專業學生的案例中，
他將觀看Netflix（想做的事情）和在跑步機上跑步（需要做的
事情）捆綁在一起。

如何創建你的誘惑包

James Clear提議了以下一個簡單的步驟，來增強個人意志力，並找出自己的誘惑捆綁策略。

你將創建一個包含兩項的列表：

1. 在第一欄，寫下你享受的快樂和你想做的誘惑。

2. 在第二欄，寫下你應該做的任務和行為（但經常拖延）。

花點時間寫下儘可能多的行為。然後瀏覽你的列表，看看是否可以將你立即得到滿足的「想要」行為，與你「應該」做的事情聯繫起來。

以下是一些常見的誘惑捆綁示例：

· 僅在做運動時收聽你喜愛的音樂或YouTube。

· 只在處理逾期工作電子郵件時修腳。

· 僅在熨衫或做家務時觀看你最喜愛的節目。

善用誘惑捆綁

隨著時間的過去，你應該慢慢開始擺脫誘惑，只堅持James Clear所說的「應該」活動。例如，開始使用跑步機時，只看一集電視節目，然後將其關閉。因為過多地屈服於誘惑，最終可能會成為阻礙你前進的拐杖。你的「應該」活動的

長期影響，可能會隨著時間的推進而顯現出來。當你開始注意到它們時，你也應該開始讓自己擺脫誘惑。

　　簡單來說，萬事起頭難，起了頭就應將捆綁的誘惑釋放；既然已成了習慣，那誘惑就可以功成身退了。

萬事起頭難，起了頭就應將
捆綁的誘惑釋放；既然已成
了習慣，那誘惑就可以功成
身退了。

承諾裝置（Commitment Devices）

　　許多人打算改善自己將來的健康。例如多做運動、吃得健康、戒煙等，但是當「將來」到來，他們卻又無法遵循自己的計劃。因為「將來」不及「現在」來得吸引。對即時的偏見（Present Bias）常常使我們拖延去完成一些長期目標的任務。例如明天就要交功課，但打遊戲機帶來快感。許多時候，我們面前「即時」的享樂，勝過了那些相對不討好的任務。現在的偏見（又名衝動）是我們想改變的一大障礙。

　　事實上，將滿足延遲（Delay Gratification）是一個小朋友變得成熟的指標。諷刺的是，連我們成年人往往也同樣未達標呢！

　　解決這個問題的有效方法是預測一些誘惑的出現，並建立起約束「承諾裝置」（Commitment Devices）來打破這一個惡性的循環。

　　用「裝置」（Devices）一詞，是將幫助你達到承諾的一樣東西形象化，你可以說那是一種「做法」來逼自己完成希望養成習慣的承諾。

　　例如，那些渴望鍛鍊身體的人，可以購買一年的健身會籍，因為是沉澱成本（Sunk Cost），因此未來到健身會是不

需要再付費用，不去反而覺得不值，是一種浪費。有些人會約同一起鍛鍊的夥伴，如此未能出席，將意味著令朋友失望；酗酒者可能在早晨服用二硫龍，到晚上喝酒就會讓他們感到不適。藉著二硫龍（Disulfiram），飲酒的人會對乙醇（酒）產生急性敏感，導致飲酒後立即感受到宿醉的許多壞影響，是一種用於幫助治療酒精成癮的藥物。以上的健身會籍、運動的夥伴、二硫龍等，都是承諾裝置（Commitment Devices）的例子。

承諾裝置有兩個主要組成部分：

第一、這是你現在做出的自願選擇，會影響你將來的選擇；你嘗試將未來的選擇，與那些反映你的長期目標的選擇保持一致。這意味著你必須自我意識到你的意圖和行動之間存在差距的時間和地點。

第二、承諾裝置會增加不符合你陳述的意圖和目標的成本。例如，我們強加給自己以幫助實現目標的成本，可以用一些較嚴厲的處罰。如果我沒有守承諾，我得交出一個肉刺的銀碼現金，給見證我承諾的人。

換句話說，承諾裝置試圖執行人們的自願施加限制，直到實現了他們的目標，否則就自願執行未能實現目標的處罰。

向親友公開你的承諾，雖然是一種「軟」承諾形式，卻可增加未能實現目標的心理成本。若果你介意別人的看法和批評的話，公開你的承諾是出奇的有效。

希臘神話裡有一個十分貼切的例子。是關於 Siren's Song，如果你碰巧是奧德修斯（Odysseus），你臨近一個島，那裡有令人沉醉的歌聲，你會被吸引靠近那島，瘋狂地潛入水中或駕駛你的船撞到岩石上，最終會船毀人亡。

承諾裝置

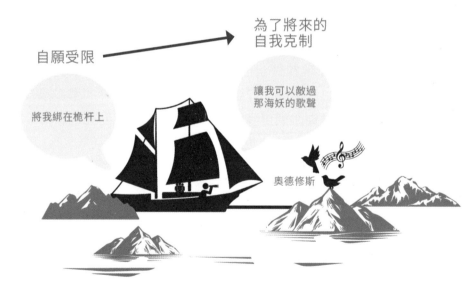

自願受限

為了將來的
自我克制

讓我可以敵過
那海妖的歌聲

將我綁在桅杆上

奧德修斯

在這些情況下，你可以嘗試一種承諾裝置：一種自願限制，以幫助維持我們未來的自我控制。在奧德修斯的故事中，他指示手下用蠟封著他們的耳朵，那麼他們就聽不到那誘人的歌聲，就不會被引誘。他吩咐船員將他綁在桅杆上，並告訴他們，如果他要求他們放他走，那麼他們就要把他綁得更緊。就這樣，他成功地聽到了海妖的歌聲，而船亦沒有沉落到海底。

以下是承諾裝置的一些很好的例子：

- 將200元的鈔票交給朋友，並指示不要還給你，直到你完成了你應該做的事情。

- 從你的電腦中刪除遊戲。

- 去沒有互聯網連接的地方完成工作。

- 選擇住在會迫使你步行／騎自行車的地方。

- 使用定期存款，若提早取款就會罰款，以致款額可以超過他們預計會得到的利率。

- 使用扣數卡（debit card）而不是信用卡（credit card），這會迫使你花的錢不會超過你的現金流。

- 減少從ATM取過量現金來限制未來支出。

習慣堆積（Habit Stacking）

　　試圖改變現有習慣，或引入新習慣——並堅持下去——是一件相當困難的事。當然，有些人似乎很容易建立令人印象深刻的紀律習慣；但對於普通人來說，要找到一種有效的方法來建立、打破和保持習慣，可能感覺像是一項不容易成功的努力。

　　之前也談論過，對於我們已經練習過的行為，我們大腦中的神經連接最強，而對於我們還沒有練習過的那些，神經連接就很弱（或不存在）。我們習慣於已經擅長或熟悉的東西，但這並不意味我們註定要失敗。

　　在建立習慣的提示和技巧中，有一種非常簡單而有效的技巧：習慣堆積（Habit Stacking）。這個涉及將你嘗試採用的新行為「疊加」到當前的行為上，以幫助你記著這樣做，或以更少的腦力勞動來執行它，這裡利用了我們已經擁有的強大的大腦連接。

　　例如，你的目標可能是一天裡多喝水，因此你決定每天早上開始喝一杯水。不要只是假設你會開始這樣做——它可能不會持續很長時間。相反，將新習慣與你已經做的日常習慣或例行程序配對，例如：「早上刷完牙，我就去喝杯水。」你將兩個行動堆疊在一起，並創建一個微小但不斷增長的連接鏈。每

天早上，這兩個動作應該是相互關聯的：刷牙、喝水。你做的越有規律，它就會變得越自動化。

習慣堆積的好處有三：

1)習慣堆積依賴於你已經擁有的腦力。

習慣堆積是建立新習慣的一種非常有效的策略，因為它建立在我們大腦中現有的神經網絡上，當你確定自己已經執行的日常行為或習慣，在現有習慣之前或之後添加新習慣或做出改變；而不是加強一個全新的神經網絡，你就是在利用大腦中已經存在的結構和循環。

2)習慣堆積提供內置提醒。

現有的習慣是一種有用的「提示」（Cue），可以讓你養成正在努力培養的新習慣。例如，如果你決定每天早上打開茶壺後，會深呼吸一分鐘，每次你打開茶壺時，都會在你的日常生活中集成一個內置提醒，幫助你保持一致性。隨著時間的推展，你會開始將你的茶壺與這一分鐘的深呼吸聯繫起來。

3)習慣堆積使習慣改變，變得不那麼壓迫性。

在忙碌的生活方式中，堆積習慣的做法很有幫助，因為當新習慣與你已經進行的事情聯繫在一起時，通常感覺不像是「附加物」，可以讓人感覺更加整合，因此不那麼令人感覺壓迫。

以下是一些可能會給你啟發的習慣堆積示例：

- 早上起床後，我會立即整理床鋪。

- 刷完牙後，我會做十分鐘的伸展運動。

- 啟動咖啡機後，我會冥想五分鐘。

- 吃完晚飯，我會溫習十分鐘。

- 晚上睡覺前，我會寫五分鐘日記。

現有的習慣是一種有用的「提示」（Cue），可以讓你養成正在努力培養的新習慣。

🌱 執行意圖（Implementation Intention）

目標意圖（Goal Intention）以「我打算執行／實現X」的形式指定期望的未來狀態（例如，經常做運動／減肥）。然而，僅僅設定一個目標，並不足以真正實現它。目標意圖與實際行為的相關性很低，一個人的目標意圖的強度，通常只能解釋目標實現差異的20%到30%。甚至有研究指出，有目標但無執行計劃的人，成功增加習慣行為的機率相當低。

英國健康心理學雜誌的一項研究發現，91%的人通過寫下每週做運動的時間和地點來計劃他們的做運動意圖（Group 3），最終都堅持了下來。同一時間，與對照組相比（Group 1）38%，閱讀有關做運動的勵志材料但沒有計劃做運動的時間和地點的人（Group 2）35%，做運動的比率沒有增加。

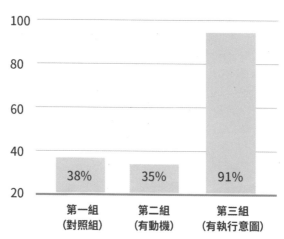

每週至少做運動一次的參與者比率

（圖表由 James Clear 提供）

 你可以讓習慣改變命運

執行意圖（Implementation Intention）就是提高目標實現的一種策略。執行意圖是一個簡單的方程式，「如果X，那麼我將Y！」它指定了預期與目標相關的情況X和目標導向的回應Y，這將有助我們實現目標。

例如，為了支持「經常做運動」的目標意圖而形成的執行意圖，可以是「如果我早上起床外面陽光明媚，那麼我會步行上班而不是乘公共汽車」的形式。換句話說，單單說「我想多運動」並沒有太大的作用；但是計劃「如果是一個陽光明媚的早晨，那麼我會走路去上班」，就可以增加一個人確切實現更多做運動目標的機會。

執行意圖如何運作？

執行意圖是由有意識的意志行為形成，然而，其效果是基於以下心理機制的自動、不費力的動作控制（automatic、effortless action control）來實現。

首先，「如果（if）X，那麼我將（then）Y！」在執行意圖的如果（if）條件中指定預期的重要情況出現（即陽光明媚的早晨），有助於增強其心理表徵的激活（即陽光明媚的早晨對你來說更明顯）。因此，重要情況更容易識別、更容易關注和更有效地想起要做的下一個行為。

其次，執行意圖通過計劃的回應（「那麼我將（then）……」情況），自動回應該重要情況來促進目標追求。一旦以if-then語句的形式在預期的重要情況跟以目標為導向的反應之間形成聯繫，遇到這種情況的個人就能夠立即、有效地作出反應，而無須作出第二次的思考。換句話說，當醒來看到太陽時，她會想「我會步行上班去」——馬上，毫不費力，也不必再次決定在陽光明媚的早晨她應該做什麼，才能實現自己想多運動的目標。

通過在預期的情況和計劃的反應之間建立強大的心理聯繫，執行意圖使人們能夠自動朝著自己的目標努力，就像在日常生活中反覆配對情況和反應而形成的習慣一樣。

創建執行意圖的格式是：

「當情況X出現時，我將執行Y響應。」

用一個簡單的框架來設計你自己的實現意圖，我稱之為行動／時間／位置策略。

我將在［時間］［地點］［行動］。例如：

・我將在早上7點在露台安靜一分鐘。

・我將在下午6點在房間學習普通話20分鐘。

・我將在下午5點在健身室鍛鍊一小時。

我們可以說，為何時何地養成新習慣而制訂具體計劃的人，更有可能堅持到底。太多的人試圖在沒有弄清楚這些基本細節的情況下改變他們的習慣，我們告訴自己：「我要吃得更健康。」但我們從不說這些習慣會在何時何地發生。我們把它留給機會，並希望自己會「記得去做」，或在正確的時間感到有動力。

許多人認為自己缺乏動力，其實他們真正缺乏的是清晰方向。何時何地採取行動並不總是很明顯，有些人終其一生都在等待時機成熟。一旦確定了執行意圖，你就不必等待靈感來襲。當行動的時刻發生時，沒有必要做出決定。只須按照你預定的計劃即可。

習慣追蹤（Habit Tracker）

習慣追蹤只是一個圖表，通常設置為一週或一個月，用於追蹤日常習慣和行為。如下面的這個：

每週習慣追蹤表

	日	一	二	三	四	五	六
吃維他命	✔	✔	✔	✔	✔	✔	✔
運動		✔	✔	✔	✔	✔	
打掃	✔					✔	✔
12點前睡覺	✔			✔	✔	✔	

如果做得正確，習慣追蹤會與你的生活和目標相關的方式進行，它可以幫助你保持責任感，保持動力並推動你實現目標，還可以幫助你追蹤你可能忘記的事情。

例如，如果你想在接下來的六個月內減掉20磅，你可以追蹤與健康和健身相關的習慣。因此，你可以追蹤自己是否避免食用加工糖、是否做運動、是否計算卡路里，以及是否達到每日步數的目標。

無論你選擇哪種設計，關鍵是你的習慣追蹤會立即提供你完成習慣的證據。這是你正在取得進步的訊號。

根據James Clear在*Atomic Habits*提出，習慣追蹤之所以有效，有三個原因：

1. 它創造了一個視覺提示，可以提醒你採取行動。

   將這習慣追蹤表放在顯眼的地方，例如關於飲食習慣的追蹤可貼在雪櫃門上，工作的習慣追蹤貼在書桌上等。

2. 看到你正在取得的進步是一種激勵。你不想中斷你的連勝紀錄。

   因為當你連續成功完成習慣的行為，就算有一天你想偷懶，這個不被打斷的成功紀錄的想法，會鞭策你繼續努力完成任務。

3. 記錄當下的成功，感覺很滿足。

   這個習慣追蹤表就是你的成績單，成功自然給你「我可以做得到」的感覺。

以下是一週的習慣追蹤表，試著用來幫助自己建立良好習慣吧！

每週習慣追蹤表　　　　日期 ＿＿＿＿＿＿＿

習慣　　　　　　　　　　日　一　二　三　四　五　六

○ ○ ○ ○ ○ ○ ○

○ ○ ○ ○ ○ ○ ○

○ ○ ○ ○ ○ ○ ○

○ ○ ○ ○ ○ ○ ○

○ ○ ○ ○ ○ ○ ○

○ ○ ○ ○ ○ ○ ○

○ ○ ○ ○ ○ ○ ○

○ ○ ○ ○ ○ ○ ○

○ ○ ○ ○ ○ ○ ○

○ ○ ○ ○ ○ ○ ○

○ ○ ○ ○ ○ ○ ○

○ ○ ○ ○ ○ ○ ○

○ ○ ○ ○ ○ ○ ○

○ ○ ○ ○ ○ ○ ○

　你可以讓習慣改變命運

當你連續成功完成習慣的行為，
就算有一天你想偷懶，這個不被
打斷的成功紀錄的想法，會鞭策
你繼續努力完成任務。

Chapter 5

習慣決定命運

習慣決定命運

有怎麼樣的思想，就有怎麼樣的行為；有怎麼樣的行為，就有怎麼樣的習慣；有怎麼樣的習慣，就有怎麼樣的性格；有怎麼樣的性格，就有怎麼樣的命運。

－查．艾霍爾

面試失敗來自一個壞習慣

在網上，看到一個求職面試的小故事。

有一家著名企業招募人才，對學歷、外語、相貌的要求都很高，但由於薪水很高，有很多高素質人才都來應徵。最後有三個年輕人憑著自己的發奮，過關斬將，到了最後一關：總經理面試。

三個年輕人都認為，面試十拿九穩。沒想到一見面總經理卻說：「很抱歉，各位，我有點急事，要出去10分鐘，你們能不能等我？」三個人都說：「沒問題，你去吧，我們等你。」

總經理走了，每個年輕人都躊躇滿志，得意非常。他們圍著總經理的辦公桌看，只見上方堆滿了文件、信函和數據報告。年輕人你看這一疊、我看那一堆，看完了還交換意見：「哎喲，這個好看。」

10分鐘後，總經理回來了，說：「面試已經結束。」「哪有啊？我們還在等你啊。」總經理說：「你們剛才的表現就是面試。很遺憾，你們沒有一個人被錄取。正因本公司從來不錄取那些亂翻別人東西的人。」這些年輕人一聽，頓時捶胸頓足，他們說：「我們長這麼大，從來沒聽說過亂翻別人的東西就不錄取的。」

習慣是人生中的一柄雙刃劍，用得好，它會幫忙我們簡單

地獲得人生快樂與成功；用得不好，它會使我們的一切發奮都變得很費勁，甚至能毀掉我們的一生。如果很不幸，你像故事中三位年輕人，沒有尊重別人物件，不知道不應偷看別人東西，那麼當壞習慣的惡果在當時或最終出現的時候，這樣的苦酒只能你一個人去慢慢品嚐了。

「不良的習慣會隨時阻礙你走向成名、獲利和享樂的路。」這是文藝復興時期英國人文主義思想家、劇作家、詩人莎士比亞的名言。

反過來說，好習慣像指南針一樣，給人指引方向從而成就一個人；而壞習慣則會徹底毀掉一個人。有好習慣的人，深明習慣對人生有著極大的決定作用，明白習慣對人生有十分重要的指引作用，他們懂得及早培養自己的好習慣。播下一個行動，收穫一種習慣；播下一個習慣，收穫一種性格；播下一種性格，收穫一種命運。

「不良的習慣會隨時阻礙你走向成名、獲利和享樂的路。」

由飛機航道輕微誤差說起

　　如果用飛機飛行軌道轉移為例，就十分具體明確了。假設你原定由洛杉磯飛往紐約。你要是有1%角度遠離你原定的方向，就會帶來150英里的誤差，去不到原先的目的地，反而去了阿爾巴尼（Albany）或特拉華州（Delaware）。主要的原因是時間——微小的誤差，經過一個長時間，那效果就非常大。

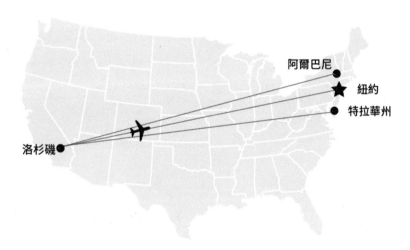

輕微調整的力量：只須改變飛行航道 1%，就會帶來 150 英里的距離偏差。

成功與失敗之間

我們都喜歡看成功的故事，特別走進電影院會給我們一個錯覺，就是成敗就在電影兩小時內發生、完成。透過一部偉大的電影，你可以體驗到人的靈魂戰勝逆境，一場鬥爭的戲劇，要做正確的事或是屈服於世界；又或者繁花似錦的一個浪漫愛情故事，或一個國家的鬥爭和誕生。但這一切都必須在兩個小時內完成。你能想像一個國家在兩個小時內誕生嗎？遇見那個會成為你一生摯愛的人——約會、求愛、浪漫、鬥爭、勝利、婚禮，然後過上幸福的生活——在兩個小時內？

當然不是。反之，生活是平淡無奇的。我希望你從骨子裡知道，你通往成功的唯一途徑是透過日常的、不性感的（non-sexy）、不令人興奮的，並且有時是複雜的日常紀律而成就。同時知道，只要持續做你該做的事，你的夢想終可以成真。

為什麼我們的生活有時像過山車一樣，上上落落，卻不能突破自己的限制？我們可以用一幅圖來表示，這裡共分三個階段：失敗、生存、成功。為何我們只游走於失敗與生存之間？原因就這麼簡單。一旦我們擺脫失敗和越過生存線，我們就不再做那些把我們帶到那裡的事情。

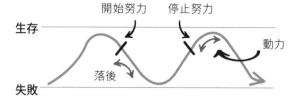

你知道那是什麼意思嗎？這意味著你已經知道，如何盡一切努力使自己成功，你已掌握到成功的基本功。如果你能活下來，那麼你就能成功。你不需要做一些出色的、不可能的事情；你亦不需要學習一些非常困難的東西或技能，或者一些天才級別的創新理念。你所要做的，就是繼續做讓你走到這一步的事情，我們稱之為持續的努力（sustain effort），如下圖：

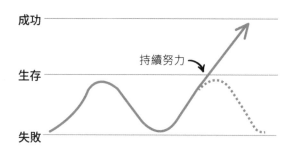

你可以讓習慣改變命運

談習慣決定命運的課題，有兩本經典是不能不提的，第一本是Jeff Olson的*The Slight Edge: Turning Simple Disciplines into Massive Success*。第二本是Darren Hardy的*The Compound Effect: Multiply Your Success One Simple Step at a Time*。這兩本書的理念相當接近，都是提到複合的效果（Compound Effect）。

我們先談Slight Edge給我們的洞見。

什麼是輕微優勢（Slight Edge）？

　　輕微優勢（Slight Edge）是指你在生活的各個領域不斷出現（showing up）並重複（repeating）簡單的積極日常紀律所獲得的優勢。這理念來自於我們認識到，沒有快速成功這樣的一回事。困難的事情需要一點時間；不可能的事情只需要更長的時間。我們想等待運氣出現，但這只會讓你無法採取你需要的行動來創造你想要的結果。這是基於認識到沒有運氣這樣的東西，只有準備遇上機會（preparedness meet with opportunity）。你花在準備上的時間越多，你可以利用的機會就越多，你的「運氣」也就越多。

　　輕微的優勢被很多人忽視的一個原因，是我們的文化傾向於崇拜「大突破」的想法。我們慶祝一些戲劇性的發現，重大的突破，英雄式的進入一個新的境界。「突破」的真相是，是的，它們確實發生了；但它們不是憑空發生的，而是像莊稼一樣長大：種植、栽培，最終收穫。問題是在我們的文化中，我們被訓練認為我們可以跳過中間步驟，直接從種植跳到收穫。我們甚至有一個術語，大家稱之為量子飛躍（Quantum Leap）。

　　這只是一個神話，每個人都想一夜成名。你有沒有看過別人成功，你驚訝他們做得太快了，他們不是天才就一定是他們太幸運了。事實是他們當然不是走運！他們可能已經在他們的

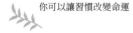

手藝上磨練了十年，在你找到他們之前，他們在黑暗中多年，他們在任何人知道他們的名字之前，就委身於那微弱的優勢，達至成功。

正如 *Outliers: The Story of Success*（中譯《異數：成功故事》）的作者Malcolm Gladwell考察了促成高水平成功的因素，Gladwell多次提到「一萬小時法則」，聲稱任何技能達到世界級專業水平的關鍵，很大程度上在於練習正確的方法，總共大約10,000小時。李小龍也有相近的說法：「我不怕練過一萬種腳法的人，但我怕將一種腳法練上一萬次的人。」（I fear not the man who has practiced 10,000 kicks, but I do fear the man who has practiced one kick 10,000 times.）

輕微優勢背後的複合效應（Compound Effect）

第二本我要介紹的是Darren Hardy的*The Compound Effect: Multiply Your Success One Simple Step at a Time*。根據Dareen Hardy的定義：「複合效應是從一系列小而精明的選擇中獲得豐厚回報的原理。」對我們來說，這個過程最有趣的是，即使結果是巨大的，但目前的步驟並不重要。無論你是使用這個策略來改善你的健康、人際關係、財務狀況，但大多數人都被複合效應的簡單性絆倒了。他們沒有意識到隨著時間的推移，不斷完成這些看似微不足道的小步驟，結果會產生根本性的差異。

在此舉一個簡單的例子，有兩位身形體重相同的朋友，他們有著輕微習慣上的差別，我們看他們隨著時間帶來的巨大差異：

- 兩個相同的朋友

- 朋友A喜歡看大屏幕的電視，並開始烹飪豐盛的飯菜。

- 朋友B開始多走一點點來keep fit，也吃得更健康一點。

第一個月：

· 朋友A正在享受他的電視和食物，但健康狀況沒有明顯變化。

· 朋友B發現很難抽出時間走路，但努力保持走路的習慣，偶然希望能吃更多美味的食物，卻保持吃得健康。

一年後：

· 朋友A正在享受他的電視和美食，體重僅增加了5磅。似乎對健康無大礙。

· 朋友B真的很享受他的步行和健康的選擇，而且減掉了5磅，覺得所付出的似乎很值得。

三年後：

· 朋友A現在超重了30磅，總體上不喜歡自己的身形。

· 朋友B現在減掉了30磅，在公司和家中都精力充沛。慢慢地，他因此變得更加成功。

若果你喜歡數據，或者以下的圖表能給你一個視覺上的差異：

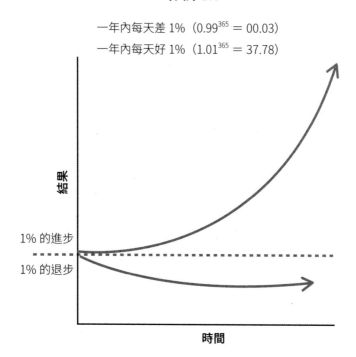

每天好 1%

一年內每天差 1%（$0.99^{365} = 00.03$）
一年內每天好 1%（$1.01^{365} = 37.78$）

你若每天在某一方面有1%的進步或退步，一年後，你就看到自己因著複合效應，在尾段急升或急跌的狀況。

是的，我們很容易忽視一些生活上良好的習慣，因為你看它們似乎微不足道。它們並不巨大或艱辛，需要你付出很大努

 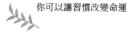

力的事情；它們也並不是英雄式或戲劇性，在大多數情況下，它們只是你每天做的小事，甚至沒有人注意到，這些小事做起來都很簡單。但確實做到了它們的人便會成功，而只是看著它們，沒有採取行動的人，則註定失敗。

比如從薪水中每個月拿幾百元，把這些錢儲蓄起來，透過複合的利息（Compound Interest），十年後你的儲蓄就很可觀；又或者每天花幾分鐘做運動，堅持不懈，你就能保持良好的健康；又或者讀一本鼓舞人心、有教育意義、改變生活的書，就算每天只讀十頁，你也會增進知識和智慧。以上一些生活的習慣，始終如一地這樣做，經過一天、幾個月、幾年……看似微不足道的小事，隨著時間的推展，便能收複合收益之效，獲得非常大的結果。

能簡單做的事也可以簡單的不去做（What's simple to do is also simple not to do），這是值得我們細味的現象。魔法不在於任務的複雜性，神奇之處在於反覆做一些簡單的事情，時間長到足以點燃複合效應的奇蹟。讓我們規劃一下實現你已決定的目標的過程，這是一個做與不做的過程──你和你的目標之間的障礙是你的行為。你是否需要停止做任何事情，以免複合效應讓你陷入螺旋式下降？同樣，你需要開始做什麼來改變你的軌跡，讓它朝著最有利的方向前進？換句話說，你需要從生活中減去或增加哪些習慣和行為？

Darren Hardy提出了一個你追求生活目標的公式：

你→選擇（決定）＋行為（動作）＋習慣（重複動作）＋複合（時間）＝目標

這就是為什麼必須弄清楚哪些行為阻礙了你通往目標的道路，哪些行為可以幫助你實現目標。

美國總統林肯有一句名言：「給我六個小時來砍一棵樹，我將花前四個小時磨斧頭，只剩下兩個小時來砍伐。」換句話說，他會花兩倍的時間像處理任務一樣預備好工具本身。在你的生命任務中，你的工具是什麼？其實工具就是你自己：你是斧頭。沒有人比林肯總統更清楚這一點，在半個世紀的生命中，他付出了巨大的努力，把自己變成最鋒利、最強壯、最真實的斧頭。我認為能夠學懂建立良好習慣、戒除不良習慣，就是我們生命的斧頭。在往後的篇章，我們就會揀選一些好習慣和壞習慣來處理。

我認為能夠學懂建立良好習慣、戒除不良習慣，就是我們生命的斧頭。

🌿 三個重要的實踐秘訣

Jeff Olson在 *The Slight Edge* 一書中，提出建立七個輕微優勢的習慣：

1. 出現（Show Up）——從小處著手。現在就開始吧，每天都做。

2. 保持一致（Be Consistent）——創造動力。修正你的軌跡，在競爭中脫穎而出。

3. 樂觀向上（Positive Outlook）——心存感激。專注於機會，而不是問題。

4. 長期的奮鬥（Be Committed For The Long Haul）——記住Gladwell 10,000小時的法則。

5. 培養以信仰為後盾的強烈願望（Burning Desire）——明確並想像你想要什麼。

6. 願意付出代價（Pay The Price）——很少有價值的事情是容易實現的。

7. 練習輕微優勢的誠信（Integrity）——即使沒有人在看，也要繼續採取行動。

當中有三點我想在此強調一下：

1)你怎麼能開始？

這是計劃中最重要的部分。想一想你怎麼能開始？我想你明白一點，一旦開始，你就可以開始構建勢頭（Momentum），在此之前似乎是很難開始的！

但請不要制訂一個大計劃，大計劃使開始更多困難，因為現在不是開始一件小事，你已經制訂了一個龐大的計劃來執行，這會令你感到太艱鉅而不知所措。另外，當我們有宏大的計劃時，我們經常將我們的自我（Ego）束縛於那個計劃上，所以如果它失敗了，就等於是我這個人的失敗，容易令我們灰心喪氣，想放棄。

若你現在要做的只是一件小事，那就容易開始；一旦開始了，透過恆常的去做而成為習慣，這習慣就有著那勢頭了（Momentum）。

2)沒人看見又如何？

有人說，一個人的性格（Personality）是他在人面前的行為傾向，一個人的品格（Character）則是在沒有人看見的

時候，他如何表現和作生活的取捨。Jeff Olson認為，誠信（Integrity）有很多定義：誠實、真實性、言行一致、完整性等。最適用於輕微優勢是這樣的：在沒人看見的時候，你會做什麼，這是那一刻的決定——當沒有其他人觀看、沒有人會知道，當你的選擇是如此輕微，如此微不足道，是發自對內心真誠。這就是輕微優勢的誠信（Integrity）。

我們不少時候想透過自己的行為去引人注意，想讓人知道我有多好，而微不足道的良好習慣並不顯眼，成功與否在於你是否忠於自己的目標和夢想。埋頭苦幹，深耕細作，有成果後別人自會看見你；但重要的是，沒有人看見又如何？你並不是為了討好誰才做好自己本分。

3)五年計劃：明確並想像你想要什麼（Vision）？

無論你身在何處，無論是哪一年讀這本書，我都會問你這些簡單的問題：「回顧五年前的生活。你現在是否活在你當年認為五年後的願景中？你有沒有改掉你發誓要改掉的壞習慣？你有你想成為的身形、體態嗎？你是否擁有你所期望的豐厚收入、令人羨慕的生活方式和個人自由？你是否擁有精力充沛的健康、滿意的愛情關係和專業技能，這是你生命中想要擁有的嗎？」

現在，我們幾乎所有人都對五年前的生活有一個願景。今日的你回望，願景有三個可能性發生：

1. 有些事情是你無法完成的。

 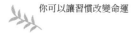

2. 其中一些你可能已達成。

3. 可能發生了許多你永遠無法預料會發生的事情。

這就是為什麼我認為將願景視為一個移動目標如此重要的原因，而非一組要完成的目標！實際上，願景只是一種將自己瞄準比今天更偉大的事物的方式，這是所有人都渴望的東西！比願景更重要的是，你會成為怎麼樣的人！

是時候作出新的選擇了。不要讓未來五年，成為過去五年的延續。讓自己接下來的五年生活，與過去五年截然不同！透過相同的問題，為五年後的你描寫出新的願景：

· 你改掉自己的壞習慣了嗎？

· 你是否處於自己想要的狀態？

· 你有自己想要的收入嗎？

· 你的專業技能是世界一流的嗎？

重要是循著這方程式去實踐吧，不要只是生存下來，也不是一些半途而廢的新年立志。要相信時間是你最好的朋友，只要是一種持久的努力（Sustain Effort），成功是指日可待的。

你→選擇（決定）＋行為（動作）＋習慣（重複動作）＋複合（時間）＝目標

Chapter 6

改變常見壞習慣的方法

改變常見壞習慣的方法

一個釘子擠掉另一個釘子，習慣要由習慣來取代。

—伊拉斯謨

一個知名的理論叫木桶定律，也許，它可以從某一個角度向我們解釋不良習慣對人的發展究竟有何意義。木桶定律認為，一隻木桶盛水的多少，取決於最短的木板，而不是取決於最長的木板。對於人的發展同樣如此，人的失敗往往由於自己的某種壞習慣所致。

其實我們人類有的壞習慣可不少，這章選了兩個最影響我們不能達至成功的壞習慣，一個是拖延（Procrastination），另一個是被智能手機鈎著的問題。兩者都是阻礙我們追求人生目標的壞習慣，偷走了我們寶貴的時間，是名副其實的歲月神偷。

這章除了詳細討論拖延和被智能手機鈎著（hooked）的壞習慣之外，我會先介紹一個改變壞習慣的進路，就是改變常規（Routine），用來對付我們一些不健康的心癮特別有功效。

壞習慣為什麼很難改變

　　如果你明知道某些事情對你有害，卻又為什麼不能停止不做？大約70%的吸煙者表示，他們其實很想戒煙。不少吸毒和酗酒者亦努力戒除傷害他們身體、撕裂家庭和友誼關係的毒癮。我們當中許多人都有超重問題，事實如果我們吃得健康，多做運動，我們就可以減掉這些體重。那麼我們為什麼不這樣做呢？

　　科學家們發現了為什麼壞習慣一旦養成就很難改掉的線索。

　　當好的或愉快的事件觸發大腦的「獎勵」中心時，潛在的有害習慣就會形成，例如暴飲暴食、吸煙、吸毒或酗酒、賭博，甚至強迫使用電腦和社交媒體。

　　愉快的行為可以促使你的大腦釋放一種叫做多巴胺（dopamine）的化學物質。如果你一遍又一遍地做某件事，而當你做的時候多巴胺就會分泌，那便會更加強化你的習慣。當你不做這些事情時，多巴胺會產生再次去做的渴望。

　　因此從某種意義上說，當我們試圖克服壞習慣時，我們大腦的某些部分正在與我們作對。這些習慣會在我們的大腦中變得根深蒂固，大腦的獎勵中心讓我們對自己努力抗拒的東西產

 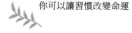

生渴望。這就是阻礙你走出改變習慣第一步的原因。

若我們對壞習慣提高意識和警覺，以下幾個方法或者可以作為你改變壞習慣的起步：

第一種方法是專注於更加了解你的不健康習慣。然後制訂應對策略。例如，習慣可以在我們的腦海中與某些地方和活動聯繫起來，於是你制訂一個計劃，好像避免自己走到有汽水機的地方、遠離與酗酒或吸毒有關的朋友和情況等。

另一個有用的技巧，是想像自己選擇好的行為習慣，在心理上練習良好的行為而不是壞的行為。如果你在朋友聚餐時想吃蔬菜而不是增肥的食物，那麼先在腦海中想像自己在吃蔬菜的情況。

改掉壞習慣的有效方法，是用新的、健康的習慣取代不健康的習慣。有些人發現他們可以用另一種行為來代替壞習慣。某些有嚴重成癮史的患者群體可能會從事一些強迫性的行為——例如馬拉松賽跑——這會有助他們遠離毒品。

壞習慣可能很難改變，但並不是不可能。以下是一些有科學證據的提議和例子。

改變你的習慣的秘訣：談愛吃甜品的壞習慣

在進入壞習慣的討論之前，我想重溫一下Charles Duhigg 的經典*The Power of Habit*，作者提出隨著時間的推移，習慣變得根深蒂固。在習慣多次的循環中，提示（Cue）、渴望（Craving）、常規（Routine）和獎勵（Reward）之間的轉換變得自動。想想你想要打破的任何個人習慣，它們似乎很難改變。一旦你得到一個暗示和渴望，看起來幾乎就像你失去自控，並「自動駕駛」一樣。

幸運的是，對成功改變行為方法的研究，揭示了改變習慣的最佳實踐。以下是《習慣的力量》一書關於改變習慣的建議。我認為是Charles Duhigg最具洞見的部分。

重新考慮獎勵

當吸煙者渴望一枝香煙時，他們想要香煙中的尼古丁，對吧？如果這是真的，使用尼古丁貼片或咀嚼尼古丁口香糖的吸煙者應該很容易戒煙。但在使用尼古丁貼片或咀嚼尼古丁口香糖的吸煙者中，只有不到10%的人成功戒煙。

其實吸煙者真正渴望的並非那麼明顯。一些吸煙者渴望吸煙，因為他們將吸煙與外出和與其他吸煙者社交聯繫在一起。

 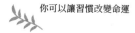

其他吸煙者渴望吸煙，因為吸煙可以緩解無聊並暫時擺脫工作。事實上，吸煙者無須吸煙亦可獲得這些獎勵；許多非吸煙行為同樣可以緩解無聊，提供暫時逃避工作的空間。

當你渴望吃紙杯蛋糕或想查看手機，你的大腦可能需要刺激和分心。因此，你無須吃蛋糕或查看手機即可獲得你尋求的獎勵。相反，喝一杯茶或做十個push up可能會滿足你的渴望。了解替代行為是否能滿足你的渴望的唯一方法，是測試新的常規行為（Routine）。

改變不良習慣的步驟

第1步：識別線索和獎勵

首先是了解自己的習慣。先確定引發你習慣的線索或觸發點（Trigger）。每當你感到有所渴望的時候，就在紙上給自己做個筆記。然後想一想最近發生的事情，或者最近的感受，是什麼引發了這種渴望。

接下來，了解你在常規行為（Routine）之後獲得的獎勵。這可能是身體上的，比如食物；也可能是情感上的，比如緩解無聊或感覺與社會有聯繫。深入思考，問自己「為什麼」

五次。通常，真正的根本線索和獎勵，並不是首先浮現在腦海中的表面答案。多問幾次，就能到達問題的核心。

第2步：更改常規

一旦你確定了你的提示和獎勵，你就想努力真正改變這種習慣。

事實證明，要完全消除舊習慣非常困難。出於某種原因，即使在很長一段時間後，儘管你的意圖是最好的，但經歷一個提示可能就會觸發舊習慣。這就是為什麼酗酒者和吸煙者在嗅到香煙煙霧或嚐過一種酒味後，就會重新一次掉進舊習慣的原因。

幸運的是，有一條黃金法則：改變一種習慣，保持相同的提示和相同的獎勵，不過就改變常規。因為你的大腦已經習慣了這種習慣，所以在你的生活中，很難完全抵制暗示和渴望的誘惑。相反，一個更成功的策略是利用更有效率的東西代替常規，這樣你最終會得到同樣的回報。

測試新程序

在寫《習慣的力量》時，作者Duhigg養成了吃曲奇餅的習慣，並且體重多了幾磅。值得慶幸的是，Duhigg剛剛學會了改變習慣的黃金法則，所以他開始測試那些可以代替他吃曲奇餅的習慣，同時仍然滿足他對曲奇餅的渴望。

 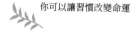 你可以讓習慣改變命運

首先，Duhigg在渴望曲奇餅時回答了四個問題，從而分辨出觸發他渴望曲奇餅的線索。

1. 我在哪裡？

2. 現在幾點了？

3. 我的情緒狀態是什麼（壓力？焦慮？無聊？）

4. 我在做什麼（即我的渴望是什麼行動）？

在觀察了一週的曲奇餅渴望線索後，Duhigg注意到了一個規律：每天下午3:30左右，在辦公室裡，他渴望吃一個曲奇餅。於是，他就去公司的餐廳買曲奇餅來吃。

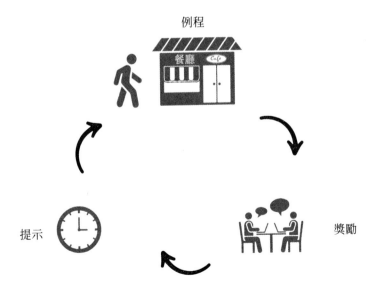

既然Duhigg意識到了他對曲奇餅的渴望，他就可以在每次提示出現時測試一個新的例程（Routine）。在接下來的幾天裡，Duhigg在下午3:30設置了警報並執行了以下例程：

- 第1天：繞著街走一圈，不吃任何東西就回到辦公桌前。

- 第2天：在自助餐廳買一個蘋果，吃完，然後回到辦公桌前。

- 第3天：點一杯咖啡，在辦公桌前喝。

- 第4天：去朋友的辦公室，閒聊幾分鐘，然後回到辦公桌前。

　　透過實驗，Duhigg了解到吃到美味的曲奇餅並不是他真正的渴望。相反，這是一個分散注意力的時刻和社交的機會。有這了解之後，他編寫新例程版本（Script），以增加下一次執行新程序的機率：

　　你的壞習慣提示出現的時間：

　　當〔提示壞習慣〕時，我會〔滿足渴望的新程序〕並體驗〔從壞習慣中得到的回報〕。

　　對Duhigg來說，當每天下午3:30左右，他會去朋友的辦公室，閒聊幾分鐘，然後回到辦公桌前。從而體驗到分散注意力的時刻和社交的機會。

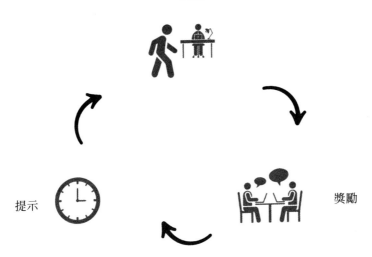

例程

提示

獎勵

他就不再有吃曲奇餅的壞習慣，避免令自己體重不斷增加了。

拖延

筆者算是多產的作家，自問頗受編輯喜歡，因為自己甚少脫稿，通常多是比死線早完稿的。這準時甚至早交的習慣，是在讀書的年代養成的。所以現在身為人師，經常都收到學生遲交功課的申請，縱然神學院的學習十分繁重，但又總有一些學生是準時交課業、成績又好的。另一些卻不單是偶然一科遲交，而是經常出現的問題，這引起我對拖延（Procrastination）的興趣，對這課題作了一些研究。

我看拖延的問題主要分兩方面的成因：受不了外在環境的吸引，另外是個人內心的掙扎。

完美主義與拖延

我們先談個人心理的問題。

我們拖延的原因之一是為了保護我們的自我價值。拖延可以幫助我們暫時緩解內心深處的恐懼。這些恐懼包括對失敗的恐懼、對不完美的恐懼，以及對不可能的期望的恐懼。

以上的恐懼若再問深一層，可以是怕被判斷的恐懼。這源於過度將面前的工作與我們的身分掛鉤。由於這種恐懼，人們對完美主義產生了適得其反的驅動力。

我們生活在這樣一個過度追求成就的社會中，我們喜歡讚美完美主義者。完美主義是那些非常討人喜歡但不討自己喜歡的特質之一。求職面試問題：「你最大的缺陷是什麼？」第一個最多人答的是完美主義。高成就和完美主義會在工作場所和社會中得到回報，因為你交出的工作成果標準一定好高。如果你曾經被稱為完美主義者，你可能只是一笑置之，因為被完美主義折騰的你，這真的是一種恭維。

完美主義也有陰暗面。完美主義和焦慮之間有很強的相關性。這種焦慮通常表現為拖延。

有時拖延會阻礙我們及時完成項目，甚至更糟糕的是，讓我們完全避開項目。設定高標準固然很好，但有時完美主義會讓手頭的任務看起來遙不可及。當你的目標是完美時，我們心裡可能會對手上那壓迫非常的任務感到癱瘓。這是我們應該開始做其他任務的時候──也許是更令人愉快，並且不是那麼壓迫性的事情。

以下是一些有用的問題，可以幫助你了解自己是否在與完美主義作戰：

· 我很難達到自己的標準嗎？

- 在努力達到自己的標準時，我是否經常感到沮喪、焦慮或憤怒？

- 有人告訴我，我的標準太高了嗎？

- 我的標準會妨礙我信任他人或自發地完成任務嗎？

通常有焦慮和拖延問題的人，會經歷以下五個階段：

1. 你賦予這任務來決定你的價值和幸福的力量。

2. 你用完美主義來提高犯錯的風險，你看任何錯誤都等於罪大惡極。

3. 你受威脅時，會產生腎上腺素來應對那威脅。

4. 你用拖延來逃避困境。

5. 最後你使用諸如截止日期之類的真正脅迫，來克服恐懼並開始任務。

如果以上的心路歷程你不感到陌生，自己經常因完美主義而影響工作的進度，你就要認真了解拖延的心理了。

心理學家Timothy Pychyl在他的著作*Solving The Procrastination Puzzle*，給拖延一個一語中的的定義：

拖延是有意延遲行動，儘管知道這種延遲可能會損害個人的任務績效，甚至個人對任務或自己表現的感覺。拖延是一種不必要的自願延遲，與其他形式的延遲相比，拖延是一種自願

且相當刻意的偏離預期行動的行為，即使我們知道我們現在可以按照我們的意圖採取行動。除了我們自己不願採取行動之外，沒有什麼能阻止我們及時採取行動。

這是拖延症令人費解的一面。為什麼我們不願意採取行動？為什麼我們會成為自己最大的敵人？我們不必要地破壞了個人的目標追求。為什麼？我們如何解決這個拖延難題？要理解拖延之謎——我們的生活中自願但不必要的拖延會破壞我們的目標追求——我們需要理解這種在符合我們最大利益時，卻不願採取行動的情況。我們還需要制訂策略來克服這種不情願。

當我們打算採取行動時，當我們有一個打算採取行動的目標而我們不採取行動時（儘管知道這可能會對我們產生負面影響，但自願且非常不合理地選擇延遲行動），我們就會體驗到不和諧（Dissonance）。這種不和諧是拖延的代價之一。

認知失調感覺不舒服，所以你需要找到減輕這種不適的方法。以下是一些最常見的藉口——這些是我們應對失調的方式：

1. 我們只是將注意力從不和諧的認知上轉移開，避免不和諧引起的負面情緒狀態。

2. 我們會淡化必須做的事情的重要性。

3. 否認責任。我們遠離自己作為不和諧中的因果關係。

4. 找藉口說：「這不是拖延。在開始之前，我真的需要更多信息。」

5. 自我安慰：「它本來會更糟。」

完美主義是一個成長和複雜的心理問題，限於篇幅，在此無法詳細談論解決的方案，可能要透過心理治療去檢視個人成長過程中，為何會將自我價值跟做事是否完美緊扣起來。

不過，我也想點出一個重要的治療或成長方向，就是增加對自己的憐憫，是對抗完美主義的大方向。

如果完美主義因為害怕失敗而阻止我們嘗試新事物，由於對達到高標準的焦慮而導致拖延，或者在某些事情不「完美」時讓我們自責，那麼自我同情，可以讓我們有空間成長、癒合，跌倒了亦可重新站起來。

對自己的憐憫，使我們能夠從過去的經驗中學習，並將它們視為教訓而不是錯誤。

對自己的憐憫，使我們能夠自由地探索世界所提供的各種可能性，無論大小，而不是固守我們要做得最好或根本不嘗試去完成那事情。

對自己的憐憫，使我們能夠接受和欣賞使我們成為自己的一切，而不是與他人比較，或為無法實現的理想而奮鬥。

對自己的憐憫，讓我們活得更人性化。

希望這些提示有助你處理因完美主義而導致的拖延問題。

外在環境的引誘

現代化帶來了拖延問題。隨著我們的經濟在過去幾十年中不斷增長，我們的長期拖延症增加了五倍。在1970年代，4-5%的受訪者表示他們認為拖延是一個關鍵的個人特徵。到了今天，這個比例已升至20%-25%之間，這是我們的生活充滿了越來越誘人的誘惑的必然結果。通過查看一些歷史基線進行比較，你應該能夠明白，為什麼拖延症會上升到今天的水平。雖然幾十年來工作帶來的樂趣一直保持不變，但分心（distraction）的力量似乎只會增加。

讓我們一起考慮一個常見的例子：撰寫大學論文。志明在9月15日（學期開始）被分配了一篇論文，並在12月15日（學期末）到期。志明和任何普通學生一樣，喜歡取得好成績，但也喜歡社交生活。

下圖顯示了他在整個學期中，學習與社交的兩種選擇的動機變化。

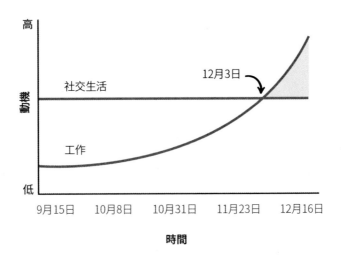

社交的回報總是立竿見影的，因此在整個學期中保持不變。另一方面，寫作的回報在學期開始時是遙不可及。這意味著志明在學期開始時，有更多的社交動力和拖延寫論文的時間。截止日期越近，寫論文的獎勵也越近。12月3日，寫文章的動機取代了社交的動機，此時志明停止拖延並開始工作。

以上的例子可以讓我們了解拖延原來是有一條方程式：

$$MOTIVATION = \frac{EXPECTANCY \times VALUE}{IMPULSIVENESS \times DELAY}$$

$$動機 = \frac{期待 \times 價值}{衝動 \times 延遲}$$

讓我們解開這些不同的變數：

期待（Expectancy）。你期望成功嗎？你有信心在你渴望做的任何事情上取得好成績嗎？如果你的期望值很高，那麼你會更有動力，你會更少拖延。這是很自然的：你更有動力去追求能讓你有機會獲得令人滿意結果的事情。

價值（Value）。你關心具體的任務嗎？你重視它嗎？結果越有價值，你就越有動力去追求它。這就是方程式的分子。結果越有價值，你對實現該結果的期望越高，你就越有動力。為了克服拖延，我們想讓方程式中的分子儘可能大——分子越大，你的動力就越大，拖延的次數就越少。

衝動（Impulsiveness）。這是指你對延遲的敏感性。你越衝動，就越不願意延遲滿足（Delay Gratification）。你越衝動，就越看重即時回報而不是長期回報。

延遲（Delay）。這表明你必須等待多長時間才能收到預期的獎勵和好處。你等待的時間越長，你的動力就越少，你就越有可能拖延。

如果你想減少拖延，便需要增加你的期望，增加一項活動或任務的價值，減少你的衝動，減少預期獎勵的延遲。

拖延關你大腦事

　　拖延之所以存在，是因為我們所有人的內心都存在著兩種截然不同的性格。我們有原始和衝動的一面，也有我們理性和深思熟慮的一面。這些性格與不同的大腦區域對齊：邊緣系統（Limbic System）是引發我們衝動情感所在，和前額葉皮層（Prefrontal Cortex），那區域是我們的理性和意志力所在。

　　我將我們原始的一面稱為「猴子」。拖延基本上是你想要的東西（你理性的一面）和猴子想要的東西（你衝動的一面）之間的鬥爭。你想要對你的未來有好處的東西；「猴子」想要現在感覺良好並即時帶來滿足感的東西。

你想為考試而學習、定期做運動、堅持健康飲食、每天早上安靜默想。另一方面，「猴子」想看電視、玩電子遊戲、吃餅乾，或做任何其他現在感覺良好的事情。

因此，你面臨著在你想要什麼，跟「猴子」想要什麼之間做出決定；在即時滿足和長期成功之間作出選擇。如果你聽「猴子」的話，這就是所謂的拖延——你推遲做對你最好的事情，而去做現在感覺更好的事情。如果你不聽「猴子」的話，那是一種意志力的行為——你用意志的力量來否決「猴子」，放棄當下的快樂，以獲得未來的潛在利益。

從「猴子」忍受引誘的角度，你若受的引誘越大，你就越容易拖延。像下圖：

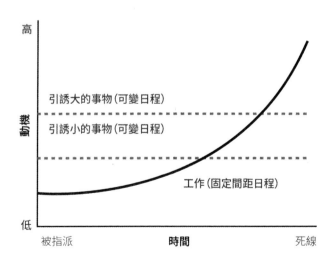

解決拖延的進路和有效的方法

Brian Tracy是處理拖延的專家，他寫了一本相當實用的書名叫*Eat That Frog*。

他主要的理念是來自有句老話說，如果你每天早上做的第一件事是吃一隻活青蛙，你就會因為知道你已經完成了你整天要做的最糟糕的事情而感到滿足。對Tracy來說，吃青蛙是一個比喻，是指解決你最具挑戰性的任務——同時也是對你的生活產生最大積極影響的任務。

書中他提出了二十一個改善拖延的策略。因為拖延是與時間緊扣著的，我選了其中七個策略，放在一個時間框架內，讓大家容易掌握。我以交一份學期尾的主要文章為例。

1. 開始前徹底準備：在開始之前，你需要手頭上一切都準備就緒。集合所有的文件、信息、工具、工作材料，和你可能需要的數據，以便你可以一開始就繼續前進。像大廚師示範前先預備好一切材料。你也要清理好你的工作空間，沒有其他雜物。例如我喜歡在一張大枱上工作，可以將我要處理的文獻都攤開來。

2. 「一次一桶油」：像你要駕車經過大沙漠，你心裡想著不是目的地，那是很遠的地方，你只想著行完這桶油，到下一個油站再想。你可以做到最大和最複雜的

工作，如果你知道只須一步一步完成。例如，只專心
處理好文章的引言，再想下一部分。

3. 提早死線來給自己壓力：想像一下，你必須離開香港
   一個月，因此須先完成所有主要任務才能離開。例
   如，你可以將死線提早在一星期前。

4. 強化你的個人力量：識別一天裡你的精神和身體能量
   最高的時段，並計劃在這時段做你最重要和最艱鉅的
   任務。之前要多休息，這樣你就可以發揮出最好的水
   平。例如，我寫作最佳的時段是早上9點至11點，我就
   在這時間內埋頭苦幹。

5. 擺脫資訊科技的時間陷阱：為了與我們的目標追求保
   持真正的聯繫，我們需要擺脫社交網絡工具等潛在的
   干擾。這意味著我們不應該在工作時間內，讓電腦或
   智能手機的後台執行Facebook、Twitter、電子郵件或
   任何你喜歡的工具套件，要把它們關掉。

6. 對任務進行切片：你可以使用一種將大任務縮減到最
   小的技巧來完成工作，我們稱為「意大利臘腸切片」
   方法。使用這種方法，你可以詳細列出任務，然後下
   定決心暫時只完成其中一份工作，就像吃一條意大利
   臘腸一樣，一次一片。例如寫文章時，我喜歡先做書
   目。因為小心進行就一定能夠完成，不會帶來太多的
   阻礙和挫敗。

7. 創造大量時間：組織你的日子，在你可以集中注意力的一大段長時間（例如整個早上），投放在最重要的任務上——大概有兩至三小時的空間。

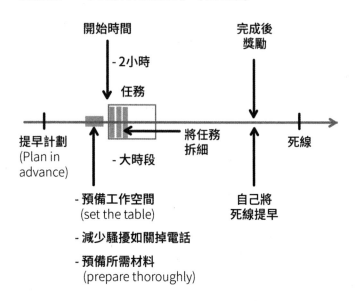

我們可以用這條方程式來檢視以上的方法的作用。

$$動機 = \frac{期待 \times 價值}{衝動 \times 延遲}$$

增加期待的成功：1、2、4、6、7

減少延遲：3。我會在完成這兩小時的工作後立即獎賞自己，例如曲奇加一杯cappuccino。

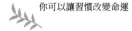

減少衝動：5。

以上種種，目的是幫你踏出第一步。對於拖延者來說，最困難是第一步，只要踏出第一步，就是邁向成功的鑰匙。

能啟動第一步非常重要

一旦我們開始一項任務，很少會像我們想像的那麼糟糕。研究發現，那樣會開始改變我們對任務的看法，還可以在重要方面改變我們對自己的看法。

我們沒有使用著名的Nike的口號：Just do it！因為如果我們考慮「只管去做」，我們就有可能被所有要做的事情弄得不知所措。如果我們只是邁出第一步，那就容易多了。或者應該說one step at a time，先行第一步，再行下一步。

對於啟動者來說，這可以立即緩解與任務相關的負面情緒，對自己和任務的看法發生了變化：你意識到自己可以完成這件事，而且任務並沒有你想像的那麼艱難。

其實這是物理上的定律，運動中的物體保持運動（An object in motion stays in motion）。最重要的是，一旦開始了，會帶來進步、自我感覺更好，同時會增強自我效能信念、增強自信，因此取得更大進步、感覺更好等的螺旋式上升趨勢。

🌱 如何跟智能電話脫鈎

寫這篇文章的當天，我有機會乘地鐵。我望著對面兩排座位的乘客，十個人裡面，總共有八個人在看智能電話，沒看電話的，一個是老人家，另一個年輕人在閉目養神。老實說，如今疫情下要安裝「安心出行」，智能手機早變成我們出門必備的物品，就像口罩一樣不可或缺。

過度使用手機已經是現代人的問題。嚴重一點說，我們可將之看為成癮問題，也有夫婦或家人因為各自顧著看手機，而破壞了家人之間的關係。

我們先看使用手機一些現象：

1. 一項針對150,000人的研究發現，智能手機用戶平均每天解鎖手機110次！

2. 79%的智能手機用戶，每天早上起床後15分鐘內都會檢查他們的設備。

其實商家最喜歡我們不斷看手機的資訊，因為這是吸引我們看商家刊登廣告的一個渠道。只要我們使用智能手機成癮，商家就有不少商機。

為了吸引我們易於用手機，近年有一個新興的行業，名為用戶體驗設計（UX Design），那是一種以人為本的產品設計方法。目標是創建有用、易於使用的產品，為用戶提供出色的體驗。UX專業人員更廣泛地使用用戶體驗（User Experience）這用語，涵蓋從易用性到用戶參與度、到視覺吸引力的所有內容，用戶體驗可以更好地捕捉用戶與產品交互的所有心理和行為。這新興的行業是為我們這些低頭族應運而生的。

被鈎上的模式（Hook Model）

　　Nir Eyal的暢銷書*Hooked: How to Build Habit-Forming Products*，就是研究這個有趣的現象，如何令我們與商品形成一種習慣的關係，將我們的注意力、心神鈎著。Nir Eyal的Hook Model其實跟我們之前談及習慣的形成十分接近。你看看下頁的圖就像是似曾相識。跟之前提及習慣的模式，它增加了一個投資（Investment）的元素。

若你作為一個商家，希望大量用戶使用或購買你的產品，可以使用Hook Model來問自己以下五個構建有效鉤子的基本問題：

1. 用戶真正想要什麼？你的產品為用戶緩解些什麼痛點？（內部觸發 Internal Trigger）

2. 是什麼服務將用戶吸引過來？（外部觸發 External Trigger）

3. 用戶預期的最簡單操作是什麼獎勵，以及如何簡化你的產品來吸引用戶不斷有所行動？（行動 Action）

4. 用戶是否對獎勵感到滿足並想要更多？（可變獎勵 Variable Reward）

5. 用戶在你的產品上投入了哪些「工作」？可以加載下一個觸發器（Trigger），並存儲價值以改進產品的使用嗎？（投資 Investment）

以下我們就以智能手機來解說，為何許多人容易被鉤著，逃脫不了的呢？

智能手機應用程式提供即時舒緩

· 當你感到無聊時，只須單擊一下即可獲得有趣的推介短文或Instagram照片列表。

· 當你感到不確定時（uncertain），Google搜索器上打幾個相關字句或問題，結果列表會在幾秒鐘後出現在你眼前。

· 當你覺得自己無足輕重時，你可以點擊手機上的電子郵件或WhatsApp以查看誰找你、誰需要你的幫助或回覆。

人們總是感到無聊、不確定和無足輕重，多虧了我們的智能手機，為我們提供從來都沒有的快速方法來解決這些「負面」情緒。

這些負面情緒經常作為內部觸發（Internal Trigger）因素，為了建立一個形成習慣的產品，製造商需要了解哪個用戶情緒可能與內部觸發器相關聯，並且知道如何利用外部觸發器來驅動用戶採取行動。

智能手機應用程式提供可變的獎勵 (Variable Reward)

　　僅僅為用戶提供他們想要的東西，並不足以創造出一種形成習慣的產品。用戶每次拿起手機，都要給他們帶來驚喜。因此新內容要源源不斷，讓他們透過電子郵件、YouTube、Facebook、Twitter和其他十幾種應用程式，可以在新內容列表中找到喜歡的有趣想法或照片。這些手機的內部應用程式提供愉悅內容的頻率和可變性，讓我們著迷。YouTube就是根據我們看過什麼主題的影片，不斷建議新的、相關的影片給我們追看。那些影片背後都有製作的YouTuber，每次都會加一句，請訂閱及點擊通知的鐘仔。

智能手機應用程式讓我們作出投資

　　你第一次打開Instagram應用程式時，Instagram會要求你添加朋友。Instagram讓添加朋友這件事變得很容易，因為他們會為你提供受歡迎的建議，並你的Facebook和聯繫人列表。Instagram知道你何時執行了將一個人添加到你的Instagram所需的小小投資，當他們向你發送通知時，你更有可能返回該應用程式；而你返回應用程式的頻率越高，你對該應用程式的投資就越多，你就越有可能形成盲目的應用程式檢查習慣。

又例如一些興趣的討論區（Forum），因為我們發表過意見，或幫助過別人解決問題，有人回覆我們的信息時，我們就會收到提示。寫意見就是那些小投資，推動我們再重訪那網址。

當我們探訪的頻率高，又或者覺得那些資訊對我們有實用價值，我們就會養成使用那些網頁的習慣。你若多幾個興趣，就會不停收到新的通知和新的資訊。不知不覺間，我們就不停在看手機了。

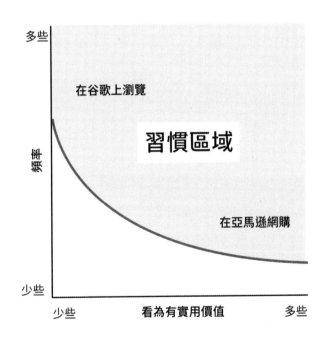

香港人最多到訪的應該是淘寶吧？在購物時，淘寶網有海量的資訊，我們對同一貨品找到不同價錢的商店，可以看用家的意見，又可以比較運費。無論運輸費和時間性，都遠比Amazon優勝，事實近年我也轉到淘寶購物呢！有時為了格價，都花去不少寶貴的時間。

如何與智能手機脫鈎

　　讓檢查手機變得更加困難，用Wendy Wood的說法，就是增加接觸手機的阻礙或摩擦（Friction），以下是一些例子：

1. 在你的手機上輸入一個長密碼，解鎖時需要更多時間。

2. 工作時將手機放在抽屜裡。

3. 睡覺時把手機放在另一個房間。不要讓查看手機成為你晚上做的最後一件事，以及早上醒來做的第一件事。在伸手不可及的地方給手機充電。

4. 當你坐下來吃早餐，或在工作休息時喝咖啡和吃甜品，身邊請不要帶著手機。

5. 儘可能關閉所有非必要的推送通知。我自己就關掉了Facebook、WhatsApp及Email的提示，甚至將手機變成靜音。手機上唯一的應用通知是待辦事項提醒和日曆事件。如果應用程式無法向你發出叮叮聲或閃動的消息，該應用程式不太可能「提示」你使用它。

你可以讓習慣改變命運

6. 指定自己可以檢查手機的頻率。從每15分鐘開始，然後推遲至每半小時、每45分鐘或每小時。

7. 從主屏幕上刪除分散你注意力的應用程式如Instagram、Facebook等。

8. 嘗試將手機屏幕調高灰度，令它變得不吸引。

9. 考慮安裝一個跟蹤你使用智能手機習慣的應用程式，例如Quality Time，以便你可以設置特定的使用目標，並查看你的堅持程度。

當你了解產品開發人員如何設計應用程式來吸引你，以及你可以做些什麼來擺脫自己的束縛（unhook）時，你就能恢復你的專注能力和效率。

簡單來說，使手機使用更加困難。讓它靜音、把它關掉、啟用手機的「請勿打擾」模式，以便只有你預設的通話朋友才能接通你的電話。

Wendy Wood在她*Good Habits, Bad Habits*的一篇專文，提出一些相當有趣的與手機脫鉤的方法，她的提議十分具體和細緻，應用性頗高，你也可以參考一下：

將手機放到帶拉鍊的口袋裡，比如放在背包、公文包或手袋裡。然後你必須打開袋並伸手去拿。或者你可以在每次使用後將其關閉，這樣每次你都必須重新啟動它。這個小小的延遲會增加摩擦（Friction），也許還會帶來一些挫敗感（真

的，傳感器沒有讀取我的指紋或再次識別我的臉嗎？）。給你的手機習慣增加更多延遲和摩擦的一個簡單方法，就是刪除Facebook應用程式或你的電子郵件應用程式。至少，這意味著你不得不打開網絡瀏覽器，並手動輸入"gmail.com"或"facebook.com"，而不是依賴這些公司故意無摩擦的應用程式設計。

另一種增加檢查成本的方法，是在你現有的手機習慣上疊加一個新的、健康的操作。我們之前討論過的習慣堆積（Habit Stacking）的方法。即使在降低頻率之後，你仍然會查看手機。因此，使用這種無法完全戒掉的習慣來建立另一個習慣，這是你自己的選擇，並以你自己的目標為導向。如果每次你查看手機，都打個電話給你的一位家庭成員，只是為了打個招呼並進行一次快速、無關緊要的聊天？你的親友無緣無故接到你的電話感覺會很棒，尤其有可能取悅到年長的家庭成員如父母、爺爺嬤嬤等。

除了破壞既定使用手機的線索（Cue）和施加摩擦（Friction）外，你還可以讓其他行動變得更容易。有時候，我們打開手機只是想查看時間，除了看手機，另一個可行的替代方案就是戴手錶。你有多少次拿出手機只是為了查看時間或日期？可是解鎖了手機，你就可以看到別的提示，例如你看完時間，接著打開Facebook只是因為它就在主頁面，你也會查看電子郵件，是因為你發現自己有幾個新郵件。

又或者你像我這篇文章最初所提的小玩意，你下次乘搭地

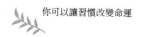

下鐵的時候，不再手執著手機，將它放在難於接觸到的地方或索性關掉它，然後環視地鐵車廂內用手機的人佔幾多成，逐個數數，觀察他們是什麼人，或什麼情況下車廂內的人不用手機？又，用手機的人多數在看些什麼網頁？暫時充當做一個社會科學家，對香港人用手機作一個實地觀察，我想是滿有趣味的。而在研究過程中，你自己也放下手機呢！

這也是我對自己的觀察，當我無聊、沒有一些重要的目標或有意義的事情在籌算的時候，我很容易打開YouTube看一些短片，雖然有些資訊都能增進知識，但這跟我帶著明確目標的去用心思和精神是很不同的。

但願手機或資訊是你的僕人，你可以自由的使用它，而不是成為它的奴隸，被它鉤著，擺脫不了它。

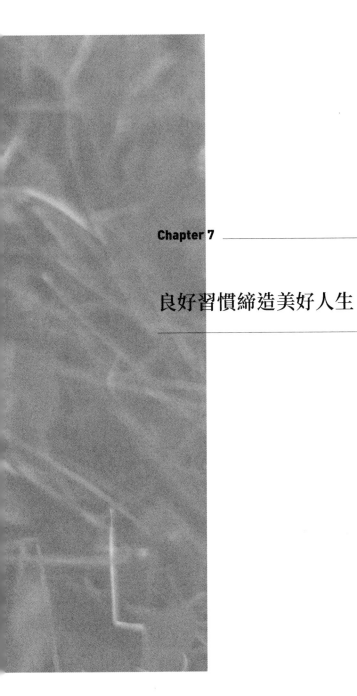

Chapter 7

良好習慣締造美好人生

良好習慣締造美好人生

做一件好事並不難,難的是養成一種做好事的習慣。

—*Aristotle*

良好的習慣於我們的身體、情感、靈性和心理健康有益,這些習慣會讓你更接近美好的生活。習慣是你默認的日常行為,這些是你反覆進行、可以塑造你這個人的行為,可以對你產生積極或消極的影響。我們已經討論過壞習慣如何拖累我們前進。

現在我們開始討論良好的習慣。良好的習慣可以幫助你變得更有效率和精力充沛,這些習慣會幫助我們前進。如果你不知道如何養成好習慣,請繼續閱讀下去,以了解你可以在生活中應用的五個好習慣。

理財、睡眠、情緒是否快樂、家居是否簡約整潔、靈性是否每天得到滋潤和更新，都是美好生活的重要支柱，希望你從中得到啟迪和激發你去積極養成這些良好習慣。

　　是的，習慣決定命運，而良好的習慣能為你和家人締造美好人生。

🌿 良好理財習慣

你靠自己的智慧聰明得了金銀財寶，收入庫中。

—以西結書二十八章4節

人生真的匆匆就過去了，有時候忙於自己的專業發業，有些人生的基本生活技能，卻沒有好好從年輕的時候就學習好。其中一樣就是良好的理財習慣。

我第一本接觸的理財書是一本經典，我甚至將書中的七項理財原則打印了出來，不時提醒自己。這本就是1926年出版《巴比倫首富》（*The Richest Man in Babylon*）。

這本書記錄了Arkad如何使用實用的理財和財富積累課程，他出身卑微，是商人的兒子，但後來成為巴比倫古城的首富。書中探討了七個簡單步驟，以及如何利用這些步驟努力建立自己的財富。這七節財務課程是從Arkad所謂的「瘦錢包的七種療法」中彙編而成。

我先將這七個法則臚列出來：

1. 開始養肥你的錢包。（先給自己付錢作儲蓄）

2. 控制你的開支。（預算開支——花的比賺的少）

3. 使你的黃金倍增。（投資並使我們的錢為我們工作）

4. 保護你的財寶免受損失。（保護重要的東西，投資時候作風險管理。）

5. 使你的住宅成為一項有利可圖的投資。（優化我們的抵押貸款）

6. 確保未來的收入。（塑造我們的退休生活方式）

7. 提高你的賺錢能力。（投資於我們自己身上）

這本理財書應該是十五年前閱讀的，自己也盡力遵守這些法則生活。雖然我不算是一個富有人家，一直以來都在基督教機構及神學院工作，收入不算高。我像一般香港人一樣，多年來工作、供樓，是近十年才開始學習投資股票。股票的風險頗高，所以未算能達至投資，並使我們的錢為自己工作的境界，只能算是不過不失吧。儲蓄、節儉、提早還清按揭以減少利息，我都做到了；也有透過出書、私人執業等提高自己的賺錢

能力。如今我有自己的物業居住，也能用自己的積蓄幫女兒交樓宇的首期，香港人稱為「父幹」。這些平凡中的積蓄，現在算是財務上能夠自由，退休也沒什麼擔憂。其中一個需要多謝的，是我有一位節儉的太太，她總是能買到一些價廉物美的東西，例如我有不少衣服，一穿就可穿十年。

最近快將退休，亦多看了一些致富的書，其中有一本給我不少啟發的，就是Thomas J. Stanley's的名著*The Millionaire Next Door*。同樣地，富有的人通常遵循有利於積累金錢的生活方式，在Stanley的調查過程中，他發現成功積累財富的人有以下幾個共通點：

1. 他們的生活花費遠低於他們的收入。

2. 真正的百萬富翁以有利於積累財富的方式，有效地分配他們的時間、精力和金錢。

3. 他們認為經濟獨立，比展示高社會地位更重要。

4. 他們善於瞄準市場機會。

他們的研究最發人深省的是第三點。那些住在你毗鄰的百萬富翁，往往並不顯眼，因為他們過著一些節儉簡單的生活。不像另外一些高收入的人士，他們高收入，卻不斷提高自己的生活水平和要求，外表看來確是奢華，但卻有不少債務在身，這稱不上是真正的富有。

雖然收入增加，隱形富翁不會屈服於生活方式的通脹。他們沒有增加開支，而是保留了簡陋的房屋、汽車和衣服。

例如，億萬富翁投資者華倫・巴菲特（Warren Buffett），仍然住在他於1958年以31,500美元買下的房子。這房子的價值已升至約650,000美元，但只不過佔他財富的0.001%左右。

如果你的目標是變得富有，那就少去留意看起來像個富人、不時展示自己高社會地位的人，而是學習上面提及的真正百萬富翁那樣過一些儉樸生活。只要你的車子仍然運作良好，就繼續駕駛舊車，而不是每月支付高額付款升級買新車。當終於到了買新車的時候，就堅持買基本的、可靠的汽車型號，而不是昂貴的品牌。

至於其他大小物件的購買，遵循相同的原則便對。只要你的房子對你的家人來說足夠大，就不要急於在一個更漂亮的社區，買一間更大的房子。

即使你已經升職，也不要因為繼續在價格相宜的商店買衣服而感到尷尬。事實是，在那裡購物的顧客，當中也可能是百萬富翁；你只是無法透過外表查看來將他們找出來。

我以這兩本經典為藍本，簡化成為三個良好的理財習慣，與讀者分享。

出與入（In and Out）

我看我的錢包或銀行戶口是一個開放的系統，可以有出有入，我們通常稱為收入和支出。我看到In and Out有幾個組合：

Out＞In：中國人有句話說「量入為出」，即你沒有那麼多收入，就不要過度支出，令自己要借貸度日。

In＝Out：最低限度要求自己收支平衡。但這種僅僅能夠生活的日子並不理想，正如*The Millionaire Next Door*一書提醒我們，不要為了展示自己的生活水平，而要用得貴、吃得貴，令自己不能積蓄金錢。

In＞Out：要達至收入多過支出，不外乎有兩個方法：首先是節約開支。雖然隱形富豪很容易買得起度身訂造的西裝、跑車和度假屋，但他們並不沉迷於這些奢侈品。最能夠形容富人的三個詞是：節儉、節儉、節儉。

另外一個方法就是增加收入。除了打工每月賺取人工之外，近年有一個理財概念是被動收入（Passive Income）。被動收入是一種只要付出一點努力進行維護（Maintenance），就能定期獲得的收入。被動收入需要在一開始就做一些事前準備，在完成大部分事前準備工作後，收入就會不斷增加，不再需要你付出太多努力。例如筆者都有幾本暢銷書，除了開頭的寫作時間付出外，之後書籍再版，我是不用花任何工夫就定期有版稅收取。

 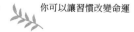

以下是一些被動收入的可能：

- 開辦網上課程
- 寫一本電子書
- 租金收入
- 在線銷售攝影作品
- 借貸給人收息
- 股息股票
- 出租泊車位
- 房地產投資信託基金
- 社交媒體上的贊助帖子
- 投資高收益的儲蓄賬戶（如最近香港政府發行的銀債）
- 短期出租你的房屋
- 創建博客或YouTube頻道
- 出租有用的家居用品

運用你的才幹，發展一些斜槓族（Slasher）的技能，除了主要的日間工作之外，那便可以增加你的收入。

得與失（Gain and Loss）

是的，每個人都想令自己的財富倍增，期望投資能使我們的錢為我們服務，這涉及投資的知識和智慧。不少人因為不懂投資，貪快錢，不理投資的風險而換來很大的財富損失，甚至破產收場。所以，我們要認真學習投資之道。

在投資達人之中，我特別喜歡查理·蒙格（Charlie Munger），他是巴菲特的長期夥伴，提出了不少作投資決定時的清單，也是我們要養成的投資習慣。簡單表列七項，有興趣的讀者可以看看有關他的一本投資經典，是Tren Griffin所著的 *Charlie Munger: The Complete Investor*。

我選了他投資法則的七項供讀者參考：

1.獨立思考

不要隨波逐流。自己獨立思考，不管誰同意或不同意你的做法。

羊群心態只能保證你投資的結果平平，甚至因誤信謠言而損失巨大。

2.保持謙虛

認清自己的能力圈（Circle of Competency）並留在其中。

找出與你最堅定的信念不相符的證據，挑戰自己一直抱持的看法是否正確。

認識到你何時過度自信，並自欺欺人地堅持自己的看法。

3. 準備並努力學習

通過不斷的閱讀、不斷地學習，試著每天變得更聰明一點。

在許多不同的研究領域建立廣泛的知識基礎。建立廣泛的心智模型（Mental Models）。

繼續問「為什麼」，了解事物是如何運作。

4. 嚴謹分析

了解獨立於價格的企業價值；獨立於市場波動的真正增長。

利用作投資決定的考量原則來避免自己的偏見和遺漏。

不要為了樹木而失去森林。了解一些真正重要的主要影響，而不是許多無關緊要的細節。

5. 衡量風險

避免可能痛失一切的大錯誤。

尋求與所承擔風險相稱的補償。

建立安全邊際（Margin of Safety）。例如，在股價真的抵買的情況下買入優質的股票。

6. 要有耐心

如果你沒有看到好的機會，那就安於現狀，什麼也不做。採取行動的傾向可能導致錯誤的決定，付出不必要的成本。

讓複合增長（Compound Growth）發揮它的魔力。在一段長時間內令回報變得可觀，複合增長可以帶來驚人的收穫。

7. 果斷

「別人貪婪時恐懼，別人恐懼時貪婪。」

當賠率對你有利時，下大注。

這些投資的智慧談可容易？很多時候都是透過不斷學習，不讓自己投資時的情緒主導你不智的決定，慢慢成為一個精明的投資者。我要到這把年紀，才慢慢掌握到當中的心法。

利息與債務（Interest and Debt）

賺取利息，還是因欠債而另貼上利息，同樣是利息——一個收取，一個償還。理財有道的人，當然是將儲蓄投資在一些高息的股票或買入收息的債券，自2022年中起，在美國加息環境下，我們可以將儲蓄轉到定期存款以賺取利息。這也算是低風險的投資，也是上面談過的被動收入。

一個善於理財的人，除了供樓沒辦法不向銀行做按揭外，

絕不會亂用信用卡，就算簽了卡，也會準時還款，不會令自己跌入只交min-pay的狀況。因為未能準時還錢的信用卡費用，累計的利息會是天文數字！有一些保守的人，甚至只會用現金，出街從不會帶信用卡，這些都是控制自己亂花費的好方法。

就算做了按揭，當自己儲了一筆錢的時候，他亦會提早還一些錢，用以減少債務的利息，以求儘快清還債項為基本操作原則。

談起置業，香港人看置業為投資一種，因為樓價很長時間以來都在升值，所以買樓自住也不失為一種好的投資，賺了自住並物業升值的好處。不過《富爸爸窮爸爸》的作者Robert Kiyosaki，為我們澄清了資產和負債的觀念。資產是允許其所有者產生收入的所有權；另一方面，負債是產生支出。

按這定義，他認為物業可以是負債而不是資產。有以下幾個可能的原因：

1. 你將用一生來償還你所抵押的貸款。

2. 你的維修費用佔很大比例。

3. 如果房地產市場下跌或你在週期高位買入，你的樓宇可能會貶值。

4. 寧願投資定期賺錢的資產，而不向銀行償還每月的信貸。換句話說，你家居的真正主人是銀行！

就在2022年8月期間，因為經濟的不景氣，近幾年買入物業的人都可能要損手離場。事實不少人也經歷過金融風暴下的負資產情況。

簡單總結這些良好理財習慣：

要量入為出，不使未來錢；保持節儉的生活，不用金錢來顯示自己的社會地位；不借貸，借了按揭就儘快還清債項；認清什麼是資產和負債；定期儲蓄；學習投資之道，用儲蓄來「錢搵錢」的時候，要注意風險管理，因為貪婪可能令你原想多得變多失；增加被動收入。以致你終可以在財務自由下，享受人生。

你若需要一些行動建議，Brian Tracy在*No Excuses*一書中，提出了以下的可行步驟作為開始：

1. 今天就作出決定，完全掌握你的財務狀況，擺脫債務，實現財務獨立。

2. 今天確定你的淨資產值。把你所有的資產加起來，減去你所有的債務和負債，併合計算出準確的數字。

3. 建立一個單獨的銀行賬戶，並開始至少存入個人每月收入的1%。

4. 列出所有債務並開始償還，從那些利率最高的開始。

5. 計算你退休後需要財務獨立的確切金額，然後設置這個作為目標。

6. 為自己設定具體的儲蓄目標，在你的餘生中，每個月、每個季度和每年，你定下要儲蓄多少的目標。

7. 節儉消費，在你實現長期目標之前，將你可能的每一筆支出拖延或取消。

默想聖經有關理財的習慣

作為基督徒，我們生活的指南針在於神的說話。出奇地，聖經中有關金錢的經文都不少。在自己理財的過程中，默想這些經文，給予我對擁有金錢一個很好的平衡。

世俗的人說有錢使得鬼推磨，連鬼都為金錢效力，它看似無所不能。但與生命相比，金錢卻無法買得生命、真愛等。聖經也提醒我們，賣命的去獲取金錢只會喪掉生命。

我們一般人都認為金錢代表個人的地位，乃至安全感所在，只是這種安全感卻是虛假的，容易來也容易去。擁有金錢令人心生驕傲，以此自豪，卻不知道錢財可以驟然失去，令我們變得貧窮自卑。

聖經一方面教我們好好理財的同時，亦提醒我們物質與精神生活的平衡。擁有太多會帶來煩惱；反之，知足的人才是富有的。

有些時候金錢（或稱瑪門），可以是上帝的第一號大敵人，問問自己，究竟我們服侍的對象是神還是瑪門。

在聖經中我記下一些對自己理財極具提醒和啟發的經文，先列下，然後寫下自己從中得到的教訓和理財的原則所在。讀者可視為一些經文的默想。

箴言三十章7-9節

我求你兩件事，

在我未死之先，不要不賜給我：

求你使虛假和謊言遠離我；

使我也不貧窮也不富足；

賜給我需用的飲食，

恐怕我飽足不認你，說：

耶和華是誰呢？

又恐怕我貧窮就偷竊，

以致褻瀆我神的名。

默想：

原來聖經對金錢的看法是與我們人性緊扣的，箴言的智者了解到，我們處貧窮和富足時的陷阱所在。不貧窮也不富足，才是我們追求金錢最佳的平衡。

提摩太前書六章6-10節

然而，敬虔加上知足的心便是大利了；因為我們沒有帶什麼到世上來，也不能帶什麼去。只要有衣有食，就當知足。但那些想要發財的人，就陷在迷惑、落在網羅和許多無知有害的私慾裡，叫人沉在敗壞和滅亡中。貪財是萬惡之根。有人貪戀錢財，就被引誘離了真道，用許多愁苦把自己刺透了。

默想：

這裡所描述的，用現代人的說法是對金錢成癮。貪財帶來的私慾、被錢迷惑，犯上貪戀金錢的陷阱，可以跌進偷、賭、騙財的惡行中，最終賠上自己的聲譽、人格和生命。敬虔是對準神，知道一些違法的事神不單看在眼裡，也會審判我們，叫我們自食其果。知足不貪婪，才是真正的「大利」。

提摩太前書六章17-19節

你要囑咐那些今世富足的人，不要自高，也不要倚靠無定的錢財；只要倚靠那厚賜百物給我們享受的神。又要囑咐他們行善，在好事上富足，甘心施捨，樂意供給人，為自己積成美好的根基，預備將來，叫他們持定那真正的生命。

默想：

神並不反對我們富足，卻反對我們富足後自高、將倚靠的對象從神轉移到信不過的金錢上。我們若富足了，就要懂得感恩和施捨，為自己立下好的根基。

路加福音十四章28-30節

你們哪一個要蓋一座樓,不先坐下算計花費,能蓋成不能呢?恐怕安了地基,不能成功,看見的人都笑話他,說:「這個人開了工,卻不能完工。」

默想:

爛尾樓事件時有發生,這是理財不善的結果。做財政預算(budget)是十分重要的理財原則。要量入為出,生活費、儲錢目標、收支是否平衡等,都要準確和定期檢察。

創世記四十一章34-36節

法老當這樣行,又派官員管理這地。當七個豐年的時候,徵收埃及地的五分之一,叫他們把將來豐年一切的糧食聚斂起來,積蓄五穀,收存在各城裡做食物,歸於法老的手下。所積蓄的糧食可以防備埃及地將來的七個荒年,免得這地被饑荒所滅。

默想:

要有儲備,不論是面對人生的不穩定性,生老病死其實都需要金錢去處理,有一定的應急錢,或買一些基本的人壽及醫療保險,都是未雨綢繆的良好習慣和責任。

箴言二十二章7節

富戶管轄窮人，欠債的是債主的僕人。

默想：

除了無可避免的大額物業借貸之外，儘可能不欠債，只要想想，欠債其實為債主打工。在金錢有餘的時候，儘快清還債項都是良好的習慣。不要輕看利息的威力，對利息的賺蝕，我們不能掉以輕心。

傳道書十一章2節

你要分給七人、或分給八人、因為你不知道將來有什麼災禍臨到地上。

默想：

傳道者也教導我們要分散投資，投資股票、物業如是。對於市場的大起大跌，我們要有心理準備和計劃。

傳道書五章13-14節

我見日光之下有一宗大禍患，就是財主積存資財，反害自己。因遭遇禍患，這些資財就消滅；那人若生了兒子，手裡也一無所有。

默想：

或許人生需要經歷過市場的衰退，我們才能領會禍患帶來資財的消失，原來是如此真實。我們常以為自己一定有資產留給下一代，個人認為屬靈的資產才是最值得傳承的。

箴言二十三章4-5節

不要勞碌求富，

休仗自己的聰明。

你豈要定睛在虛無的錢財上嗎？

因錢財必長翅膀，如鷹向天飛去。

默想：

不少人相信多勞多得，也要多上一些投資理財的課，從中找到致勝之道，聖經一方面提醒我們要善於理財，卻又提醒我們錢財是有翅膀會飛走的。勞碌去服侍這個世界，貢獻上自己的才智，若過程中所作的能致富，就要為此感恩。越想求富可能越難得著。

以上就是我從聖經中得到有關理財的智慧，希望能校正你對追求、管理、善用金錢的看法。

🌿 良好睡眠習慣

你們清晨早起，夜晚安歇，吃勞碌得來的飯，本是枉然；惟有耶和華所親愛的，必叫他安然睡覺。

—詩篇一二七篇2節

你曾因困擾不安，晚上久久未能入睡嗎？其實你並不孤單。美國國家睡眠基金會表示，近62%的美國成年人每週都會有幾個晚上出現睡眠問題。我們也不時看到幫助人入睡的成藥廣告。我作為心理輔導員，也見過不少人因為憂慮而導致失眠，甚至要向精神科醫生求診，有些甚至要定期服食安眠藥才能入睡。

是的，睡眠不足會對你的健康和生活質量產生負面影響，它會導致情緒低落、記憶障礙以及思維和注意力問題。慢性睡眠不足可能導致體重增加、高血壓和免疫系統減弱。有幾項研究還顯示，長期睡眠不足的人患癌症和死於該疾病的風險可能更高，醫學的研究人員正試圖更多地了解癌症與睡眠的聯繫。

在發現更多醫學研究證據之前，我們需要給予睡眠應有的優先地位。

要了解你是否有充足的睡眠，請衡量你白天的感受和精神狀況。大多數成年人的目標是每晚睡七到八個小時。睡得好的人，情緒和精力都會好一點。

我們這裡不是要處理因心理問題而導致失眠的問題，而是了解如何建立一個良好的睡眠習慣，有一些是跟生活上的行為和環境因素的控制調節有關的，著意改善一下，便能促進我們睡眠的質與量。以下是睡眠專家們公認的良好睡眠習慣。

公認的良好睡眠習慣

1. 設置一致和有規律的睡眠時間表。同一個時間上床睡覺，同一個時間起床。我們經常掛在口邊的，早睡早起精神爽。

2. 建立規律的睡前程序（Routine）。每天晚上睡前做同樣的事情，比如洗個熱水澡、閱讀或聽音樂。你的睡前活動應該是放鬆的，這樣你的身體就會知道什麼時候該睡覺了。

3. 定期做運動。確保至少在睡覺之前兩個小時做，否則可能很難入睡。

4. 保持健康的飲食。睡前用餐可能會讓人難以入睡和保持優質睡眠。不過睡前吃點澱粉質的小食，往往會促進睡眠。

5. 限制咖啡因並避免尼古丁。咖啡因和尼古丁是干擾睡眠的興奮劑。長期使用者也可能在晚上出現戒斷症狀（Withdraw Symptoms），導致睡眠不安。將咖啡因攝入量限制在每天兩份以下，中午後不要飲酒。一旦戒斷症狀消退，戒除吸煙習慣者，通常能夠更快入睡，並且睡得更好。

6. 避免飲酒。酒精是一種鎮靜劑，可以減緩大腦活動。雖然它可能會誘導睡眠，但卻會在夜間干擾睡眠，導致你經常醒來並做噩夢。睡前四到六個小時最好不要喝酒。

7. 保持小睡時間短。白天你會一點點積累「睡眠債」，幫助你在晚上入睡。白天小睡卻還清了睡眠債，反而會干擾你的夜間睡眠。如果你需要小睡，請限制在30分鐘以內。

8. 僅使用臥室睡覺。不要在床上吃東西或看電視。不要在床上使用電子產品如筆記本電腦、手機或平板電腦。確保你的臥室黑暗、安靜且涼爽。如果你僅將睡房用於睡眠，你會將睡房與睡眠聯繫起來，而不是活動或壓力。

9. 睡房有兩個環境因素須特別注意：（一）避免光線干擾。過多的光線照射會影響你的睡眠和晝夜節律。遮光窗簾或遮住眼睛的睡眠面罩，可以阻擋光線並防止光線干擾你的休息。（二）找到一個合適的溫度：你不希望你的臥室溫度因為感覺太熱或太冷而分散注意力。理想溫度可能因人而異，但大多數研究支持維持在20°C左右的涼爽房間。

10. 日間多見日光：我們的內部時鐘受光照調節。陽光具有最強的效果，因此請嘗試藉著戶外或打開窗戶來吸收自然光。在一天的早些時候獲得一定劑量的日光，可以幫助你的晝夜節律正常化。

Tiny Habits 一書的作者很有心思，將一天的日程和習慣，與晚間睡眠關聯起來。若你能在一天裡持守著這些小習慣，你就能夠更容易入睡了。Fogg都是以錨點時刻（Anchor Moment）來提醒你去作出新的小行為關鍵時點。筆者跟著他的提示實踐了一段時間，發覺真的有好的睡眠習慣和質素。大家不妨跟著來試驗一下當中的成效。

改善睡眠的小習慣

· 早上聽到鬧鐘後，我會起床而不賴床。

· 早上穿上鞋子後，我會到戶外沐浴在自然光中。

- 吃完午飯，我會離開辦公室到外面曬太陽。

- 在決定小睡之後，我會設置一個鬧鐘，這樣就不會睡超過三十分鐘。

- 當我看到已經過了下午三點後，我會喝水而不喝咖啡。

- 下班回家後，我會在廚房裡給手機充電，而不是放在臥室裡。

- 將晚餐放入焗爐後，我會服用鎂（Magnesium）補充劑。

- 晚上洗碗後，我會把房子周圍的燈調暗。

- 晚上打開電視後，我會服用褪黑激素（Melatonin）補充劑。

- 在我看完電視節目後，我會開始我的睡前儀式。

- 當我看到已經超過晚上八點後，我會停用電子產品。

〔* 備註：鎂（magnesium）和褪黑激素（melatonin）在你的身體中具有不同的功能。鎂是一種調節不同身體過程的營養素，而褪黑激素是一種調節睡眠模式的激素。你應該服用的補充劑最終取決於你的睡眠目標。鎂有助於身體放鬆，這種營養素可以減輕壓力並幫助你延長睡眠時間。相比之下，褪黑激素可以幫助你更快地入睡。鎂和褪黑激素都可以用來治療失眠，有時甚至可以配合使用。〕

躺平，為何不可以？

最近「躺平」這潮語十分受人關注，甚至將它的意思不斷延伸，泛指我們躺下來不作為，只作旁觀者，不積極參與任何事務。不過，這潮語主要應用在年輕人身上，我們今天要探討的是我們這些人生下半場的人，都勞碌半生了，躺平，難道不可以嗎？

讓我們先翻翻維基百科，看它怎樣介紹這現象，我覺得寫得非常好，不另編寫了：

> 躺平或躺平主義是2021年開始在中華人民共和國流行的網絡詞語。指90後和00後年輕人在國內經濟下滑、社會階層固定導致的階層流動困難、社會問題激化的大背景下，出於對現實環境的失望而做出的「與其跟隨社會期望堅持奮鬥，不如選擇『躺平』，無慾無求」的處事態度。被視為是對抗社會「內捲化」的一種方式。其具體內涵包括「不買房、不買車、不談戀愛、不結婚、不生娃、低水平消費」和「維持最低生存標準，拒絕成為中國資本家賺錢的機器和被中國資本家剝削的奴隸」。
>
> 躺平被視為是「低慾望青年」對於階級固化的低流動性社會、中產階級萎縮、在職貧窮、資本家對員工的苛刻待遇、勞資關係失諧、以及不合理的社會經濟結構等現況的回應。

有了這些背景，我就覺得已屆人生下半場的人，大有躺平的條件呢！年輕人是被社會趨勢逼至無慾無求，我們卻是經歷

 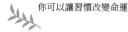 你可以讓習慣改變命運

了人生大大小小的風暴，看破世情（或說紅塵），可說是人到無求品自高的階段。那些啥也不買的人，多是已經試過擁有，才發覺物質東西不能真正滿足自己內心。所以，他們反而喜歡簡約、享受已經擁有的，不再去抓，不再去追。維持低水平的生活是自己選擇的。我們也有年輕人那份傲氣，不想再為五斗米折腰。因此，不如就躺下來，休息一下，享受自己勞碌得到的成果。

不過，有些中年人習慣了忙碌工作，要他們躺平，總是「周身」不自在。因為工作給予我們效能感和存在感，不少提早退休的男士，沒有了卡片和一個工作的框架，就不知如何為自己定位。由忙碌工作過渡到退下來躺平，需要一些時間和適應。

當然，也有一些是身體發出訊號，要他們躺平的。聖經中有一位與巴力先知鬥法的以利亞，他是因為耗盡了，有敵人恐嚇他，他就逃命、求死。最終，上帝要他「躺平」，供應他飲食，讓他只須休息、睡覺，讓身體重新得到滋養。之後，上帝就給他新的任命，叫他去培育接班人。所以，這些被迫躺平的機會，我們也要細心思考，背後可有什麼從上帝而來的啟迪？

對於躺平這個現象，我比較傾向跟從傳道者的智慧，就是起來有時、躺平有時。隨著人生的風景轉移，我們就適當的回應生命的邀請吧。能夠懶洋洋的睡一個午覺，喝一杯手沖的咖啡，是多麼幸福的事。這是我們勞碌忙了大半生之後的小確幸吧！

良好的作息習慣

你是否曾經有過一天、一週甚至更長的時間感到疲倦、空虛或氣喘？誰沒有？

我讀福樂神學院時的老師Dr. Archibald Hart說得好：「匆忙的人永遠沒有時間恢復。他們的思想幾乎沒有時間默想和祈禱，以便能夠正確看待問題。簡而言之，我們這個時代的人正在表現出生理崩潰的跡象，因為我們的生活節奏對我們的身體來說是太快了。」

當我們看自己是一枝蠟燭，我們把生命的蠟燭兩端都燒掉時，我們會因不夠休息而出現以下的不良情況：

1. 忽視我們在工作中的樂趣。

2. 甚至發現我們喜歡做的事情也變成了重擔。

3. 未能給予家人關注和同在的禮物。

4. 削弱我們聽到上帝聲音和辨別祂在我們生活中行動的能力。

5. 沉迷於待辦事項清單。無視我們作為人的限制，而這些限制，其實旨在讓我們與上帝保持聯繫。

那麼，這個問題可以解決嗎？我們的社會怎麼這麼累？我們能做些什麼來解決？對我們當中的一些人來說，最簡單、最明顯的答案是，我們需要更多的休息。休息對我們身體的健康

至關重要；對我們的思想、精神以及我們與生活中重要人物的關係也至關重要。沒有健康，我們就很難在高效的水平上發揮作用。沒有休息，我們就不可能健康。

上帝按照祂的形象創造了我們。祂是一位工作然後休息的上帝。祂透過在創造的第七天休息來樹立榜樣，指示我們也要這樣做，每週休息一天。如果我們定期休息，無論是每週、每月或任何其他一個特定的時間，最終都會成為一種習慣。休息可以是一種屬靈的行為，一種真正人類順服和依賴上帝的行為，上帝在我們休息時會看顧一切。

有意識地將自己置於上帝的面前，然後做一些你喜歡的事情：散步、小睡、和朋友交談、喝杯咖啡、玩遊戲。在神裡面享受個人時間，接受這份休息的禮物。當你試圖休息時，告訴上帝祂在你身上做了什麼。考慮一下你的疲倦是否與身體或靈魂有關，想想怎樣的休息能讓你的身體恢復活力？運動、小睡、早睡？又怎樣的休息能讓你的靈魂煥然一新？靜修、睡眠、音樂、閱讀、集中祈禱？

無論如何，你需要為休息日做好準備。儘可能多抽出時間來避免工作，或做那些讓你筋疲力盡的事情。也許就像關閉電子郵件一樣簡單，關鍵不是什麼都不做，而是避免做那些讓你筋疲力盡、讓你疲倦的事情。騰出時間關掉電腦，放鬆一下，或與家人一起出去玩。有意識地計劃和優先考慮你一天休息的事情。你會發現，這種休息會讓你重新煥發活力，並在接下來的一週為你的能量細胞充電。

在你的日程安排中找到「第七天」。休息、放鬆，暫停，重新專注於你擁有的時間。以下是計劃休息日的四個有用步驟：

1. 根據你的日程表，特意安排一天，你將一切暫停、拔掉（unplug）日常的忙碌，重新跟生活中重要的事情連接。

2. 準備好當天所需的一切，讓自己為成功的休息日做好準備，這樣你就不會在實際的日子裡爭先恐後地把所有東西都放在一起。問問自己：「我需要做些什麼來為明天的休息作好準備？」

3. 提醒自己為什麼要休息。「我正在休息，因為這對我的身體、思想和精神，以及我的重要人際關係都帶來正面影響。」

4. 練習暫停。你可能會感覺很不自然，覺得自己沒有生產力。你甚至可能感到內疚，但這對你和你身邊的每個人都有好處。無論是每週，還是在其他特定時段，都要堅持休息的習慣。

對基督徒來說，進入休息取決於尊重上帝賦予我們的限制。透過關注身體的生理、心理和精神需求，我們學會了何時以及如何休息。以下是休息對我們靈性的好處：

· 透過抑制你對忙碌和匆忙的沉溺，學習與耶穌為伴、同行。

 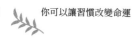

- 休息使你免於從所做的事情中來獲取自身身分的肯定。

- 透過健康和有意識休息的生活，尊重上帝創造你的本相。

- 每天、每週、每月和每年都休息。

- 定期靜修、安靜，學習與神獨處。

- 花時間去享受上帝、家庭、季節、食物，以及祂所有創造的美好禮物。

既然休息有著那麼多的好處，為什麼不作出一個有意識的、深思熟慮的選擇，讓休息的習慣成為你下一個新習慣呢？

🌿 三個快樂的習慣

> 我就稱讚快樂，原來人在日光之下，莫強如吃喝快樂；因為他在日光之下，神賜他一生的年日，要從勞碌中，時常享受所得的。
>
> ——傳道書八章15節

正向心理學（Positive Psychology），是由美國心理學家Martin E. Seligman於1998年出任美國心理學會主席時倡議的。Seligman聯同其他心理學家，有系統地勾劃正面心理學的範疇。他們從負面的病態研究，轉向研究人如何活得更快樂、精彩和豐盛。

Seligman提出了一條快樂的方程式：

H＝S（40%）＋C（20%）＋V（40%）

H（Happiness）就是快樂指數；S（Set Range）指與生俱來的情緒基調，影響約佔40%。有些人天生較易開心，有些則較易憂鬱。原來每個人天生都有一個快樂的幅度，後天因素亦很難改變。正如你身體有一個體重的幅度，不會因為你一次吃多了而改變，身體會自然調節到原來的重量。Seligman

指這個快樂的基調是先天或性格已主導了它的幅度。有一些人天生是大笑姑婆，有一些天生是憂鬱小生型，後天未必能大幅改變每個人快樂的基數。C代表現實環境和個人的際遇（Circumstances），一般人以為C最重要，以為環境順利、如意是快樂的保證，但原來C在快樂方程式中只佔20%而已。V是指個人所能控制的範圍（Voluntary Activities），即你怎樣選擇做些令自己開心或不開心的事情，約佔整體的40%。這不是一個好消息嗎？我們能控制的、令自己快樂一點的機會佔四成。若我們培養出一些令自己快樂的習慣，就有很大機會過一個快樂的人生。

筆者在自己的著作《快樂軌迹：10個正向心理學的生活智慧》一書中，整理出十個快樂的習慣。表列如下：

習慣		
感恩	1	我生命中有很多值得感恩的事
	2	我向身邊對我有恩惠的人充滿感激
回味	3	我過去的生活有很多愉快的記憶
	4	我很容易從愉快的回憶中重新燃點快樂
忘我	5	我有很多讓我能進入忘我的工作或興趣活動
	6	我能夠運用自己的才幹於有挑戰的任務上
樂在當下	7	我能享受當前的經驗
	8	我總是有很充足的時間來做我想做的事
樂觀感	9	我認為不如意的事會很快過去
	10	未來對我而言充滿了希望
標竿人生	11	我覺得生命有意義、有目標
	12	我常常能理解生活的意義
知足、不比較	13	我覺得我的日子過得比別人好一點
	14	我的生活相當如意
滿足的關係	15	我和親友相處得很愉快
	16	我有很多喜歡和愛我的親友
寬恕	17	我能寬恕人對我的傷害
	18	我會接納和原諒自己的錯處
助人為快樂之本	19	我很喜歡幫助別人
	20	幫助人帶給我不少快樂

你可以讓習慣改變命運

有興趣的讀者可以拿來看看。現在選三個快樂的習慣跟大家分享。包括感恩、忘我和樂觀感。

每晚數算三件感恩的事

我有一位社工朋友，因為院舍工作繁重，經常處於緊張狀態，而且常常失眠，她看過了中、西醫也沒多大進展，這令她十分不開心。有次她靈修的時候，看見一個解決失眠的方法，她就跟著做，沒想到困擾多時的失眠習慣，很快就得到解決。

那建議其實很簡單，就是在睡覺之前，為當天想出十件值得感恩的事。十件並不是一個小數目，我跟她打趣說，要想到十件之多，她大概也疲累得要入睡呢！

感恩能帶來快樂，是近年正向心理學的研究成果，請看看以下的分析：

我們感恩，是因為得到別人的恩惠；或周遭發生的事，給你意想不到的愛寵。我們總認為事情的發生都是巧合，是在眾生或然相碰下發生；而不如意的事情，我們會說是天意弄人；但若事情是危中有機，就會有出人意外的平安。

所以，當我們回望生命中的好處時，就會認為是眾生或然所生。而基督徒更會相信有一位超然的主宰，牽動整個世界的運作來恩待你，這種受恩寵的感受，令人快樂不已。這些恩寵

也增強我們的自我形象，我們會以為自己一定有一些好處，配得別人或上天的恩寵。

事實上，感恩能夠驅走負面的情緒。當你在回味別人對你的好時，抑鬱的情緒就一掃而空。感恩時，你的注意力就放在所得到的恩惠上，而不會只想著自己缺乏什麼。人的思想也有正向的循環（Positive Cycle），正面的回憶會建立我們正向的思維；有了積極的心態，我們的記憶也會偏向正面（A Positive Recall Bias）。以上的心理反應，都有助驅走負面的情緒。

另外，感恩也會增強人際間正向的接觸，當你感到有人愛與關心，你會嘗試找機會去回報，這一來一往的正向互動，能增進人與人的感情。

現在就停下來，思想這星期以來，有多少事情值得你感恩呢？若你有失眠的困擾，就嘗試每天睡覺前，思想三件值得感恩的事，你若遵行這教導，相信會得到神的祝福。

從工作中找到Flow的快樂

工作佔據了我們大部分的時間，如果工作勞碌而又不快樂的話，實在是一件相當痛苦的事。

「忙」是不少香港人掛在口邊的說話，問候人的時候，總愛說：「最近忙些什麼？」事實上，不少人都要追趕死線，經常要超時工作，忙碌似乎是一種生活的咒詛。

 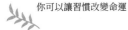

《聖經》〈傳道書〉的作者在慨嘆人生虛空的同時，卻鼓勵人要在勞碌中喜樂。工作佔據了我們大部分的時間，如果工作勞碌而又不快樂的話，實在是一件相當痛苦的事。在忙碌工作中找到快樂的秘訣，想會是每個在職的人所渴望的。

每個星期一起床的一刹那，你是滿有朝氣和動力的期望上班接受工作的挑戰？還是在賴床只想多睡一點，幻想不用上班多好！這是你勞碌中有沒有喜樂的一個指標，當然我們也會期待的說：「多謝神，今天是星期五。」

在工作中能否感受快樂，取決於不同的因素。我們先談工作本身，根據一些研究工作的專家觀察，一個人在工作中能運用不同的工作技巧，他負責的工作項目又是整個工作流程中重要的部分，看到自己在公司中的貢獻，他會做得起勁一點。若他能自己控制工作的編排，處事的緩急，又得到顧客和上司正面的回應，那麼他大概在工作中也會找到快樂。

另外，一個人工作是否快樂，也取決於工作中的人際關係。假若你的上司不難服侍，同事間亦不多內部競爭，平時一起做事有講有笑的，這就是一個理想的工作環境了。

正向心理學研究一個心理現象，稱為「忘我」（Flow）。是由正向心理學家Mihaly Csikszentmihalyi提出的，指人完全沉浸在他投身的活動的心理狀態，充分參與其中，感到充滿活力和聚焦，並得到成功感的一個過程。這一概念已被廣泛引用在職場的領域裡。

Mihaly Csikszentmihalyi提出七項進入忘我的條件：

1. 當前的任務具挑戰性

2. 能集中精神

3. 有明確清楚的目標

4. 能取得即時的回應

5. 可以深入而不花氣力地參與

6. 有充分的掌握

7. 時間像停下來一樣

Csikszentmihalyi認為，當人進到忘我狀態，是他最滿足和快樂的時候。我相信能夠運用個人的強項，是我們最容易進入忘我狀態的時候。

假若你面前有一個工作任務，你覺得相當具挑戰性，可以運用到自己的工作技能。面對這任務時，你能全神貫注，一邊工作時，一邊得到回應，你就在投入的時候，不覺時間飛逝。當你出現這種心理狀態時，就是「忘我」的時刻。我問過一些做醫生的朋友，他們有「Flow」的時候，並不是看一些傷風咳等病症，隨時可以不出五分鐘看完一個症；反是在手術室做手術時，他們最感到快樂。

所以，勞碌中快樂的秘訣是找到一份能運用你的才幹，令

你全神貫注具挑戰性的工作，你又感到所做的能幫助別人、造福社會，你就會在勞碌中仍然快樂。

不過，職場的世界是殘酷的，有些人為了餬口，會去做一些缺乏滿足感的工作，或許他們只想尋找一個愉快的工作環境和人際關係，然後在公餘時間參與一些喜歡的興趣活動或義務工作，來補償工作時的不滿足。

快樂是選擇一個樂觀的角度

絕望的人總是看見失去的部分，樂觀的人永遠感恩剩下的部分。

或許我們都有類似的經歷，同一件事情，不同人可以有不同的想法。例如曾經看過一個廣告，描寫一班男孩子開始踢球不久，就下起大雨來，一個男孩子感到很掃興，另一個卻說明天再踢吧──「希望在明天」。他們之後更享受當下被雨打在身上的暢快。快樂是一個轉念，換一個樂觀的角度來看事情，心情也隨之輕快起來。

談起「樂觀」，最經典的有半杯水的故事。

「如果你在沙漠中快渴死了！好不容易上帝給你一杯滿滿的水，你不小心手一軟，杯子掉下去，撿起來時卻只剩半杯水，你會怎麼辦？」

「啊！感謝上帝啊！我還有半杯水！」

同樣是半杯水，絕望的人總是看見失去的部分，樂觀的人永遠感恩剩下的部分。

在好壞參半的情況下，選擇看好的一面，是樂觀的人應有的心態。你是一個樂觀的人嗎？

曾經在學院跟幾位同學在飯桌上聊天，也談到一本關於教牧輔導的書，談及如何換個角度看事情的輔導技巧。這位男同學對這技巧感到興趣，於是在日常生活中學以致用。他正為兒子報讀小一問題而煩惱，他報讀了一間心儀的學校但路程很遠，需要早上六時許送兒子上校車，他及家人將會失去不少睡眠的時間。不過，他卻換了一個角度來看，說這可以讓他的兒子養成早睡早起有紀律的生活習慣，這就不怕兒子成為「港孩」了。他跟太太更可以把握早起的時間一起吃早餐，他的太太似乎對他的新角度很受落呢！

我們被困難所困擾，通常是我們抱著一個特定的框架去了解問題，只要我們給予問題一個新的框架，我們的問題便能夠迎刃而解。例如，我們看危機可能只看到危險的一面，其實它同時給予我們一個轉變的機會。看到機會就是一個新的框架，易構（Reframing）是給予面前的問題一個新的框架，有了新的框架之後問題就出現曙光。又例如有人說小病是福，因為若不是病，我們可能不會停下來休息和思考自己的問題。這也是一個易構的例子。

記著，快樂是你看事物有一種樂觀的取態。

喜樂的心，就是良藥

「喜樂的心，乃是良藥；憂傷的靈，使骨枯乾。」（箴言十七章22節）

醫學研究證明，人體的免疫功能與心理因素密切相關。一個人心情長期壓抑，心裡矛盾，有不安全感和不愉快情緒，就可能會有各種慢性疾病。我們稱這種身體與心情掛鉤的現象為「心身」（Psychosomatic）的緊密關連。所以，憂傷的靈使骨枯乾並不是誇張的說法，確是有醫學根據的！

至於喜樂是良藥，人們一般都知道心情愉快，擁有喜樂的心可以減少病痛，有病的話也可以早日康復，益壽延年。最經典的例子是諾曼·卡曾斯（Norman Cousins），他在《笑退病魔》（*Anatomy of Illness*）一書中，描述自己得了醫生診斷為不治之症的病，然而藉著正面的信念，如信、愛、望和笑的療法，他治好了自己的病症。他找到很多令人發笑的事，整天都在笑，樂在其中。懷著幽默的心情，對他身體的治療效果似乎很大。他透過看一些搞笑片，發現大笑十分鐘能幫助他止痛兩個小時，那麼他就可以有兩小時免痛的睡眠時間。

在醫院期間，他推測一些負面的情緒如憤怒和沮喪，導致他的健康變差。於是他反過來問，正面的情緒如喜樂和歡笑，豈不是有正面的效果嗎？他就憑著這些信念，幫自己戰勝病

魔。事實上，我們是一個整全（Wholistic）的人，身體、思想、情緒、心靈、社交等各方面都是相連的。身體欠佳會影響心情，是一個負面影響的方向；若因身體欠佳而持續心情不好，惡性循環就會出現。喜樂的心作為良藥，就是一個逆向的影響，我們不單沒有因為身體欠佳而心情變差，反而更積極以喜樂和歡笑來改善身體的健康。我們的心情能擺脫外在身體的病患，跟我們有正面的思想、平安的心靈、社交的支援等相關。所以，能喜樂歡笑真的是一個工程，需要我們整個人投入去建立。

每個人對快樂的定義都不一樣。也許是對自己的身分感到自在；或者擁有一群給你感到安全的朋友，他們無論如何都會接受你；或者有能力追隨你最深切的願望。有意識的小步驟，可以幫助你養成快樂的習慣。

不管你對終極快樂的概念是什麼，你都可以過上更幸福、更充實的生活。你可以藉著修改一些個人生活的習慣來實現目標。

習慣很重要。如果你曾經試圖改掉一個糟糕的習慣，你就會知道它有多難。良好的行為也是根深蒂固的。為什麼不將好習慣納入你的日常生活中呢？

這裡表列的十個快樂習慣，可以讓你開始你的旅程。你必須了解每個人對快樂的定義都是獨一無二的，他們實現快樂的道路也是如此。

 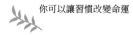

重要的是，多留意自己的心是否常存喜樂。

既然喜樂是良藥，我們除了自己從中得到益處之外，也可以將喜樂帶給身邊的人，特別是成為那些愁眉深鎖的人情緒低落時的良藥。

良好的家居收納習慣

你們為何花錢買那不足為食物的？用勞碌得來的買那不使人飽足的呢？你們要留意聽我的話就能吃那美物，得享肥甘，心中喜樂。

—以賽亞書五十五章2節

近年家居收納成為一個熱門的課題，電視節目也有以「斷捨離」為題，幫助有囤積癮的人，如何有秩序的為家居來一個大掃除，捨棄大量不需要的東西，然後還家居一個舒適整潔的生活空間。筆者也曾以此為題寫過一本《因為捨棄，才能得著》的書，有興趣可以拿來看看。在此抽取一些重要原則跟大家分享。

在收納的書中，我覺得最有啟發的就是《斷捨離》這一本。

簡單來說：

「斷」是斷絕不需要的東西！

「捨」是捨棄多餘的廢物！

「離」是脫離對物品的執著！

　　此書是教人放下執著的一種生活哲學。斷捨離的觀念主要應用在家居的物件處理上，我們若將家居看為一個開放的系統，有入（In）亦有出（Out），「斷」是對物件進入（In）家居時的控制，不准一些不需要的東西進入你的家居。要知道我們是出入口的把關人，每樣物品都是我們同意下才可以走進我們的家居。「捨」是將不合用的物品趕出（Out）家居的控制，我們同樣是這個出口（Exit）的把關人，其實用In & Out來看對物件的斷和捨，是最具體和可以量化的說法。

其實家居收納作為一個習慣是相當顯眼的，假若我們看自己的屋是一個打開的盒子，你一時鬆懈下來，那盒子只有入無出（In＞Out），家居的物件就自然多起來。加上沒有將它們分類和歸位，物件就像無主孤魂的，散落家居的各處。家居收納是要培養成為生活習慣的一部分，若不勤執拾、勤捨棄，在一個物質豐盛、商家不斷向你招手的情況下，要維持一個簡潔的家居環境，若沒有每天或至少每星期的打掃習慣，真是談何容易。

以下是五個收納的生活智慧：

先捨棄後收納

我發現新一代的收納書籍，跟以前相關內容書籍的不同之處，是將重新整理分成兩個步驟：一個是「丟掉」，一個是「收納」。過往是教人如何「收納」，新一代教的是將重點放在「丟掉」。重點要我們按步驟先完成「丟掉」，再一口氣在短時間內收拾整齊。簡中的道理很簡單，我們的問題是太多不需要的雜物，所以若不先行丟掉一些，騰出空間，根本無法進行收納。我們喜歡勸人用錢時要「量入為出」，這是一種理財的原則。應用在家居的空間使用上，我們則要「量出為入」。有人處理物品的出入都是以此為原則，若要加一件東西入家內，就要有另一件東西移離家居，這樣就可以做到「收支平衡」，或者應該說，是「出入平衡」了。

全部都拿出來

　　《怦然心動的人生整理魔法》的作者Konmari提出的整理術重點其實很簡單，她認為要按照物品類別而不是場所類別來整理，而整理分兩個步驟：「丟棄」與「收納」。原則是先「丟棄」後「收納」。在「丟棄」的步驟中，你應該把同類別的物品全部拿出來放在同一個地方，這樣你就會了解你手上到底有多少數量同類的東西。而這個時候你通常會驚覺：「我怎麼有這麼多用不到或已經沒再用的東西！」舉例說，我若要好好整理我的CD，就應該將散放在不同地方，包括睡房、客廳、辦公室的CD都拿出來，當所有的CD都在自己眼前的時候，我便對自己擁有的CD有一個整體的觀感，然後再進行先「丟棄」後「收納」的步驟。

以「怦然心動」來篩選東西

　　Konmari《怦然心動的人生整理魔法》一書的重點是，當你在篩選東西時，心態應該是「挑選讓自己心動的、想留下來的東西」，而不是「找出要丟棄的東西」。這也是這本書的書名由來，可說是整本書的核心思想。或者我們一開始覺得很難理解，但當你照著書中的方式來作篩選的時候，你就會漸漸明白了，當你拿到心動的東西的時候，心情和表情真的會不一樣。不是想什麼東西要丟，而是去想什麼東西要留下。擁有這些物品我會不會感到幸福？如果周圍只留下讓自己心動的東西，被這些物品包圍著心情就會很好。

給物件一個位置

其實一件物品搬進我們的家，也有物件之間的互動，我們真的珍惜這物件，在買它或接受它成為家中一物之前，我們要問自己，會太擠迫嗎？我要拋棄一些現存的物件來騰出空間給它嗎？我對被取代的物件可有不捨嗎？當然，一件細小的物件，放在一間豪宅還是一個窩居，也會有十分不同的考慮。當我們深切體會每樣物件都有它應放存的位置，我們生活就會運作順暢和愉快的了。換個角度來說，若為一樣物品找到稱心的位置，讓它成為家庭一分子，也是一件樂事。

發現不擁有的快樂

很多人以為擁有會帶來快樂，所以不斷增添物品，然後增加儲物的空間，到空間都擠滿之後，「擁有」讓我們減少生活空間，帶來的煩惱卻不少呢。筆者經常到大自然或家居附近的公園散步，這些是大地的資源，是政府保養的公共設施，我不需要擁有它才享用到。我不需要住在山頂的豪宅，也可以享受山頂的環山徑。另一類是松浦彌太郎在《放下包袱的輕生活練習》提到的，就是心中擁有就足夠的情操。他提出：「即使是很珍貴的物品，也不一定要擁有，只要珍藏在腦海或心裡，隨時都可以拿出來把玩。」他更笑言：「把物品藏在心裡的記憶不佔空間，攜帶也很方便。」簡而言之，不擁有的快樂是來自內在的豐盛。

像其他習慣一樣，我們從小開始吧

　　有時候不少人因為已經囤積得太多，面前的家居環境已經太雜亂，這都會令想開始收納的人卻步。不過，就算家居囤積了多少物件，決心收納，都總可以打理得妥妥當當。這也是很多人的經歷，只要我們由小物件開始收納，有了成功的經驗，就會有動力繼續整理。收納專家Peter Walsh提出兩個袋的Tango方法，我覺得都是從小開始的可行方法。他提議取兩個垃圾袋出來，跟自己說，今次我要裝一袋東西送進垃圾箱、裝一袋送給朋友。就這樣，你就處理了兩袋不再用的物件。我也以此原則去檢視已擠滿書的書架，一袋送人、一袋送往廢紙收集箱，書架就有了空間。

早上的儀式（Morning Rituals）與屬靈操練的習慣

> 耶和華啊，早晨你必聽我的聲音；早晨我必向你陳明我的
> 心意，並要警醒！
>
> —詩篇五篇3節

你有早上的儀式（Morning Rituals）嗎？

你有早上的儀式嗎？你每天早上開始新的一天時都會做的一系列活動？早晨的儀式可以非常簡單，從10分鐘的默想，到一系列平凡的早晨任務（如刷牙、洗臉、護膚），再到沖泡早茶並沉浸在它的香氣中，你在閱讀晨報時小口啜飲。

為什麼要舉行早上的儀式？

當我們從沉睡中醒來時，我們可能身體清醒，但思想仍在為這一天熱身。我們的早晨儀式，有助於喚醒我們的思想並重新開始。

飯、定時的禱告，與肢體的團契——我們將走在神的恩典之路上。習慣使我們免於被自己的工作和新穎的技術牽引，好讓我們將注意力集中在神身上。

舉例來說，良好的習慣為個人的讀經默想和祈禱生活預備了空間，讓我們擺脫總是在問的問題——我該什麼時候、在哪裡和怎麼做，進而專注於真正的要點：從書中聆聽耶穌的聲音，認識並享受祂，並且透過祂向天父祈求。

第二，習慣能保護最重要的事情。

習慣讓我們不用重複做「對的選擇」。良好習慣的威力和不良習慣的危險，都在於習慣讓我們節省花在日常思考和決策的氣力，讓我們不假思索地去做。

良好的習慣能保護最重要的東西。即使在我們感覺不想再堅持時，仍能保守我們行在堅持不懈的道路上。它能幫助我們，在最需要的時候（通常不是在我們感覺自己需要的時候）進入神持續恩典的管道，並且餵養和保守我們的靈魂。即使我們在生命浪潮跌宕起伏之際，良好的屬靈習慣都能保守我們活在神的話語中，在禱告裡，以及在上帝的子民中間。

三個屬靈操練的習慣

以下我建議三個屬靈操練習慣的早晨儀式：

1. 向上帝祈禱

開始任何一天的第一個方法是向上帝祈禱，這是我養成的最好的習慣之一。沒有什麼能像向主禱告開始一天，傾心吐意，讚美祂的名，將你所有的憂慮交給祂，在祂面前安靜片刻更好了。

如果你從來沒有在早上祈禱，這裡有一些祈禱的建議給你：

· 花點時間讚美上帝。如果你不知道怎麼做，只須打開詩篇就找到不少讚美的字句和靈感。

· 寫下一個感恩清單，並為清單上的一切感謝上帝。

· 與上帝交談，就好像你與生命中一個特別的人交談一樣；但最重要的是要真誠。

· 為特定的需要禱告：健康、親人、目標、需要等。

2. 閱讀和學習聖經

閱讀和學習經文的最佳時間之一是早上。

早上讀聖經有一些令人欣慰和不同的東西。當然，你總是可以在白天或晚上閱讀。然而，沒有什麼比早上第一件事更能滿足你的精神了。

如果你想滋潤自己的靈，花一點時間與耶穌在一起，發現

上帝透過聖經想對你說什麼，並更多地了解上帝。

這裡有一些你可以在早上閱讀聖經的有趣方式：

- 按順序閱讀整本聖經。從創世記開始，走向啟示錄。

- 每個月選擇一卷書，每天早上讀幾節經文／段落。

- 選擇一個你感興趣的主題，在谷歌上研究該主題，並閱讀與該特定主題相關的聖經經文。

- 遵循聖經閱讀或靈修計劃。

3. 與耶穌同行

若你早上返工的過程有一段步行的時間的話，以下是你在步行時可以做的一些事情：

- 花點時間欣賞上帝的創造（樹木、天空、花朵、動物等）。

- 與耶穌交談。

- 默想經文。

- 透過背金句來確認聖經對我們與耶穌同行的肯定。

「凡遵守他的道的，愛上帝的心確實地在他裡面達到完全了。由此我們知道我們是在他裡面。凡說自己住在他裡面的，就該照著他所行的去行。」（約壹二章5-6節）

「不從惡人的計謀，不站罪人的道路，不坐傲慢人的座位，惟喜愛耶和華的律法，晝夜思想他的律法；這人便為有福！」（詩篇一篇1-2節）

聖經中令人羨慕的屬靈習慣

若要舉聖經中有關屬靈習慣深刻的例子，但以理從不間斷的禱告、主耶穌每年上耶路撒冷朝聖等故事，都是我們耳熟能詳的。

偉大人物的習慣是他們成為偉人的根基。但以理習慣一天三次在閣樓跪在朝向耶路撒冷的窗前，在上帝面前禱告感謝。這習慣給他力量，在波斯王朝宰相任內，將國事治理得井井有條。任何大小抉擇，他都先找個安靜的時刻，到上帝面前尋求祂的智慧。後來，但以理知道波斯王不准人民向他所信的神禱告的禁令，雖然蓋了玉璽，他仍然一日三次雙膝跪在上帝面前，禱告感謝與素常一樣。「素常」其實就是習慣，每天都做的事情。他對神的忠誠和禱告的恆切，確實是我們的好榜樣。

耶穌的父母約瑟和馬利亞，每年的逾越節都到耶路撒冷去朝聖，在耶路撒冷住上幾天，到聖殿去敬拜和禱告。這個美好的習慣一方面是民族向心力的表達，另一方面更是宗教情操的極至，提供他們靈性上與神親近的經歷（路加福音二章41節）。耶穌從小在這敬虔的家庭中耳濡目染，塑造出美好的人格。在2020-2022年間，因疫情嚴重的緣故，打斷了我們每星

期到教會崇拜親近神的習慣。有一段時間我們都靠賴網上的直播來崇拜，這使崇拜沒有間斷是一件好事。可是，有人習慣了網上崇拜的方便，就停止了親身到教堂與其他主內的弟兄姊妹一起唱詩敬拜神，是一件十分可惜的事。

對筆者來說，我最羨慕的是主耶穌經常退到曠野的習慣。

路加福音五章15-16節：「但耶穌的名聲越發傳揚出去。有一大群人聚集來聽道，也希望耶穌醫治他們的病。耶穌卻退到曠野去禱告。」

"But Jesus often withdrew to lonely places and prayed."（New International Version）

我們可能已經從這些經文開始反思獨處和安靜的意義，對我們來說，重要的是首先考慮兩者在我們日常生活的背景下的位置。為什麼？因為我們被告知耶穌「經常」（often）退到曠野的地方祈禱。獨處和安靜是祂的習慣，是祂每天時間表的一部分，而非偶然的事件，獨處和安靜被加入祂日常生活中。祂退出了人群，不僅僅是因為人群給祂帶來的壓力，而是因為那是祂的習慣。

仔細看，在第15節提到「一大群人」，而之後第16節的連接詞是「卻」（but）這個詞，而不是「所以」這個詞。可見耶穌對獨處和安靜的追求，與其說是因果關係，不如說是一種既定的慣例。當然人群一定會在一段時間後來到耶穌面前，祂

需要空間來思考、祈禱和計劃，尤其是在忙碌的事工中。我們看看祂在這裡做什麼：祂剛剛委託了事務給一班門徒；祂一直在醫病，也一直在教導，因此「暫停」是必要的。但福音書記載，耶穌無論如何都經常退到曠野，尋求天父的臉，並在祂的陪伴下休息。獨處和安靜是祂的首要任務。如果經常獨處和安靜對耶穌來說是必不可少的，那麼對我們來說，豈不是更重要嗎？

約翰福音十七章4節：「我在地上已經榮耀你，你所託付我的事，我已成全了。」我相信耶穌能完成天父託付祂的事，原因是祂經常來到天父的面前，調校祂在世傳道的優先次序。有了這獨處安靜的習慣，就越能完成天父給祂的任務。

我也立志定期有這良好獨處安靜的習慣，不時校正我生命的方向。不枉上主交託予我的人生召命。

作為基督徒，我認為將屬靈的操練放進早上的儀式是最合適不過的。有什麼比一天的開始就親近神這個習慣更好的呢？

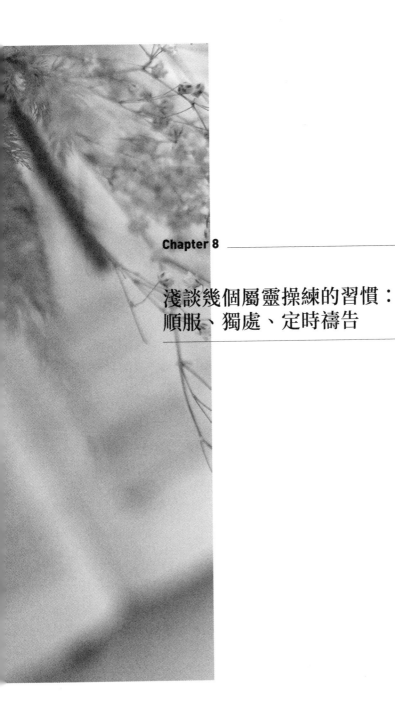

Chapter 8

淺談幾個屬靈操練的習慣：
順服、獨處、定時禱告

淺談幾個屬靈操練的習慣：順服、獨處、定時禱告

自從這本書出版後，有機會在神學院舉辦有關習慣的課程。因為對象是基督徒的緣故，我也多思考如何培養良好的屬靈操練的習慣。在網上搜尋一下有關耶穌的習慣，竟然給我看到有人總結了耶穌有的十個習慣，表列如下：

1. 承諾遵行上帝的旨意
2. 服從神的話
3. 獨處的操練
4. 熱衷於公開祈禱和感恩
5. 全神貫注於自己的使命
6. 對受傷者的憐憫
7. 對神蹟的信念
8. 願意赦免罪
9. 勤於教導、講道和訓練
10. 熱衷於建立關係。

https://cedarministry.org/ten-great-habits-of-jesus/

1)如何像耶穌有順服的習慣

特別吸引我注意的是首兩項的習慣，這兩項其實十分接近。承諾遵行上帝的旨意與服從神的話，對我來說都是順服

（obedience）的表現，Eugene Peterson就有一本名為 *A Long Obedience in the Same Direction*有關作門徒的書，他引用尼采的一句名句：「最重要的是，『在天上和在地上』很顯然（要重複一遍）應該朝同一個方向長期『服從』，產生的結果，從長遠而言，就是生命值得好好過。」（The essential thing "in heaven and earth" is, apparently (to repeat it once more), that there should be long OBEDIENCE in the same direction, there thereby results, and has always resulted in the long run, something which has made life worth living.)

要養成「朝同一個方向長期服從」談何容易，讀者應該記得我在第五章用過飛機航道的例子，有了些微角度上的偏差會抵達不同的目的地。因此我們應看到朝同一個方向長期服從的重要性，就是能到達目的地，完成我們的使命。

耶穌基督是順服的崇高榜樣，祂自己如此說：「因為我從天上降下來，不是要按自己的意願行，而是要遵行差我來那位的旨意。」（約六38）祂的一生都致力於服從天父，但這對祂來說並不總是那麼容易，祂和其他凡人一樣受到各方面的試探（參考來四15）。最經典的是祂在客西馬尼園禱告說：「我父啊，倘若可行，求你叫這杯離開我；然而，不要照我的意思，

只要照你的意思。」（太廿六39）因為耶穌在凡事上都遵守天父的旨意，所以祂使我們所有人都能夠得救，而最終的順服就是「存心順服，以至於死，且死在十字架上」（腓二8）。

在探討順服這個主題的時候，我喜歡找一些名人的名句給自己作反思，當中不乏一些對順服的理解和智慧。例如Dietrich Bonhoeffer說過：「一次順服的行動（act of obedience）勝過一百次講道。只有當有服從時，信仰才是真實的，沒有服從，信仰就不會成為真實的信仰，而信仰只有在服從的行動中才成為信仰。」Bonhoeffer強調的是順服的行動，用口空講是沒有意思的。所以，他提醒我們順服的行動才是信仰的試金石。聖經有相同的教導，服從常被視為一個人對上帝信仰的表現，沒有行為的信心是死的（雅二26），這意味著真正的信心會帶來順服的行為；基督徒被要求透過行動和對上帝旨意的服從來證明自己的信仰。Oswald Chambers 也指出，順服是靈命塑造的核心，因為理解靈性的黃金法則不是智力，而是服從。如果一個人想要科學知識，求知慾就是他的嚮導；但如果他想深入了解耶穌基督的教導，他只能透過服從來獲得。

順服很多時候是跟神的帶領相關的，我想不少人生大的決定，例如擇偶、職業等，我們都會站在人生的交叉點，不少時候，順服神的帶領如亞伯拉罕離開本土本族去那未知的應許地，是會感到迷惘和缺乏信心的。Elisabeth Elliot這樣提醒我們：「如果我們不服從今天擺在我們面前的事情，那麼祈禱未來的指引還有意義嗎？聖經中有多少重大事件取決於一個人

你可以讓習慣改變命運

看似微小的服從行為！請放心：現在就去做上帝告訴你要做的事，並且依靠它，你將被指示下一步該做什麼。」所以，順服是一小步一小步的走上神指引的方向的。要確保朝「同一方向」的秘訣是不時行在祂的引導中。我們也不要太擔心順服的後果，正如Charles Stanley說：「上帝對我們順服的後果負責，我們對我們不服從的後果負責。」

服從不僅限於宗教儀式，也延伸到生活的各個層面，包括一個人如何對待他人、開展業務、服務社區等等；這是關於過著反映基督教價值和原則的生活。事實上，我們在生活不同的處境中，都會面對如何抉擇和回應的挑戰，例如，有人得罪了你，你是選擇寬恕他還是繼續憎恨他？在職場上，你是跟大隊走捷徑，還是誠實和堅持自己的原則呢？當中總可以化成一個順服神，還是順服世界的吸引和自己內心慾望的抉擇；順服就是習慣地選擇神的意思高於自己和世界的意思。

我認為我們跟神的關係好壞會直接影響我們如何作決定的，相信上帝使服從變得容易且有吸引力，因為祂比任何其他人都更了解我們，並且更愛我們，神也知道我們的未來。

即使違背我們的意願和偏好，由於信任，使得服從成為可能。即使是讓我們感到不舒服的人的命令，例如除了牽涉道德上的偏差，我們是應該服從在上掌權的上司。我們也可以將感覺與服從分開，因為是上帝透過這個使者給我們一些學習的機會。

II)獨處的習慣

獨處的練習包括在一個不會被打擾的環境中，安排足夠不受干擾的時間，讓你體驗到一個人與上帝單獨相處。獨處是操練其他屬靈操練的「容器」，在獨處的時候我們可以作祈禱、讀經、默想等其他屬靈的操練。

最經典的例子，當然是耶穌在馬可福音一章35節所記載的：次日早晨，天未亮的時候，耶穌起來，到曠野地方去，在那裡禱告。

這裡我們可以特別留意獨處的地方，是曠野。曠野是人少、接近大自然的地方，沒有城市的喧鬧；所以我們要尋找一些經常能去到又能免去騷擾的地方獨處。以下是一些提議：

1. 不被社交、噪音或刺激影響的時間與空間
2. 退修
3. 透過避免與他人、信息和活動的持續互動來遵守獨處的操練
4. 解決你對被看見的癮（addiction to being seen）
5. 當你一個人行走或跑步時，獨自與神交通。
6. 獨處操練時可進行的屬靈操練：學習、祈禱、良心省察、日記等等。

耶利米哀歌三章26-28節這樣記載：「人仰望耶和華，安靜等候他的救恩，這是好的。人在年輕時負軛，這是好的。他當安靜獨坐（Let him sit alone in silence），因為這是耶和華加在他身上的。」

這裡特別強調「這是好的」，讓我們來看看獨處有什麼好處，鼓勵我們多點獨處的時間：

1. 免於被佔據（occupied）和刺激的需要，以致我們不會在忙亂中過活。

2. 遠離讓世界「把你們擠進它的模子裡」（羅十二2）。

3. 從不斷參考他人的生活中解放出來，或者使我們可以觸摸自己內心真正的需要。

4. 安靜內心的噪音，讓你更能聆聽上帝的聲音。

5. 給自己時間和空間，內化你已經知道的東西，生活有很多事情值得記取和反思的，不要讓寶貴的東西流走。

6. 只說你從神那裡聽來的，而不是憑自己的觀點，獨處令我們更明白神的心意；耶穌都是於獨處後有別的事奉方向。

7. 將獨處和靜修作為你生活方式的一部分，這就可以找到默觀（contemplation）與活動（action）之間的平衡。

雖然獨處有這麼多的好處，正如在壞習慣的討論中，手機可能是獨處最大的障礙，讀者可翻閱上文的討論和提議，看如何在獨處時能放下手機的引誘。

III)定時禱告

Adele Ahlberg Calhoun在她的*Spiritual Disciplines Handbook*書中，提議了一個叫定時禱告（Fixed-hour prayer）的操練，我認為對培養祈禱的習慣十分有幫助，在這裡跟大家推介。

固定時間的禱告要求全天有規律、一致地專注在上帝身上；而聖經中不乏提及定時禱告的例子。

使徒行傳三章1節：「下午三點鐘禱告的時候，彼得和約翰上聖殿去。」

詩篇一一九篇164節 ：「我因你公義的典章一天七次讚美你。」

使徒行傳十章9節：「第二天，他們走路將近那城，約在正午，彼得上房頂去禱告。」

猶太人都有每天三次禱告的習慣，在「晚上、早上、和下午」，這個傳統是呼應他們祖先樹立的典範。族長亞伯拉罕、以撒、雅各分別在這三個時段遇見神、親近神。

1. 亞伯拉罕清早來到神面前與神會面（創十九27-28）

2. 以撒於天將晚時出來田間默想神的話（創廿四63）

3. 雅各在夜晚夢中，神透過異夢向他說話（創廿八10-12）

不論是一天三次、七次，或每小時整點停下來祈禱，建議在一天中的固定時間進行個人祈禱儀式，就算你在工作中，可以嘗試在規定的時間中斷工作進行祈禱。這習慣是蠻有意思的，能夠使我們逐漸脫離工作中所有令人著迷的強迫性，不再做工作狂。將個人（being）和行為（doing）整合在你的日常生活中，叫我們知道「謀事在人，成事在天」。

這習慣幫助我們一天中的任何時間都與耶穌在一起，培養在日常活動中聽到上帝話語的能力。在白天和晚上的特定時間將心靈和思想轉向上帝，加入教會歷代永恆的祈禱節奏。

不計謝飯的祈禱，筆者已經有早晚祈禱的習慣。早禱主要將一天的日程將會發生的事情，自己記掛的人和事，交托給神。晚禱則是在睡前進行良心省察（examen），回顧一天所發生的事和自己有的情緒感受，向神傾訴。

看完這定時禱告的操練之後，我希望自己在一天的中間也可以加插多一個定時的禱告，或者可以考慮在放工前後，這樣就能有多一個時段轉向神，相信這樣對我們屬靈狀況會有更好的培育。

以上分享的三個屬靈操練的習慣，希望基督徒的讀者都可以嘗試實踐，這樣，我們便能成為神所喜悅的兒女。因為天父喜歡與我們獨處，若我們能定時禱告與祂溝通，讓祂知道我們順服聽命，祂必然感到喜悅和安慰了。

透過一個充滿活力的早晨儀式，你會期待新的一天的開始，從而鼓勵你早睡早起。早上的儀式給了我每天早起的額外理由。

我們大多數人都有忙碌的日子，因為我們在工作和生活中戴著多頂「帽子」。當我們開始新的一天時，大多數人幾乎沒有時間獨處。我們的早晨儀式是我們一天中的一個安靜時間。

早上的儀式為我的日子增添了結構，因為無論我們當天的日程如何，這是我們每天早上都會做的一件始終如一的事情，它為我們每一天奠定了良好的基礎。

早上的儀式，其實是一系列我們早上會做的習慣。作為基督徒，我認為將屬靈的操練放進早上的儀式是最合適不過的。有什麼比一天的開始就親近神這個習慣更好的呢？

蒙恩的習慣

　　「習慣」這個詞在新約中只出現過一次，希伯來書十章24-25節：「又要彼此相顧，激發愛心，勉勵行善。你們不可停止聚會，好像那些停止慣了的人，倒要彼此勸勉，既知道那日子臨近，就更當如此。」

　　從消極的方面來說，這段經文是教導我們不要習慣性地忽視基督徒的聚會；從積極的方面來說，則是在教導我們應該養成在基督裡真實團契的好習慣。

　　《蒙恩的習慣》的作者David Mathis說得好，他認為信徒蒙保守不是某個獨特的、神突然出手挽救你的事件，也不是一個基督徒特有的屬靈高峰經驗，而是日復一日的常規生活習慣，我們通常稱之為「屬靈操練」，David Mathis稱這是「蒙恩的習慣」。

　　他提出養成屬靈操練的習慣有兩個好處：

　　第一，習慣讓我們集中注意力。

　　透過養成良好的習慣——例如每天的早晨讀經、餐前的謝

將個人和行為整合在你的日常生活中，叫我們知道「謀事在人，成事在天」。

後記

這本書能夠完成，是來自我使用實現目標的習慣。

Brian Tracy在他的暢銷書*No Excuses!: The Power of Self-Discipline*提出了一個實現目標的七步法。我用這七個步驟來回望自己完成這本書的過程，發現自己有一個良好的寫作習慣，希望在此向有興趣寫作的讀者分享當中的過程。我精簡的介紹一下這七個步驟。

你可以遵循七個簡單的步驟來更快地設定和實現目標：

第一步：確定你想要什麼，請明確點。如果你想增加你的收入，決定一個具體的金額，而不是僅僅「賺更多的錢」。

第二步：寫下你的具體目標。一個沒有寫出來的目標就像香煙的煙霧，它會飄走，然後消失。它是模糊和無實質的。

第三步：為你的目標設定截止日期（Deadline）。選擇一個合理的時段並寫下你想要實現的日期。截止日期在你的大腦中充當「強制系統」。就像你在特定期限的壓力下經常完成更多工作一樣，當你決定要在特定時間實現目標，你的潛意識會更快、更有效地工作。

第四步：寫下你可以做的所有事情來實現你的目標。這包括列出你將面臨的障礙，以及實現它所需的額外知識和技能。

第五步：優先考慮最有益的任務，並將它們添加到你的日曆中。你最重要的任務應該首先完成。

第六步：立即對你的計劃採取行動。邁出第一步，然後是第二步、第三步。不要拖延。記住：拖延不僅是時間的小偷，也是生命的竊賊。人生成功與失敗的區別，就在於成功的人願意邁出第一步。他們以行動為導向。

第七步：每天做一些讓你朝著正確方向前進的事情。這是你的主要目標，是保證你成功的關鍵步驟：一週七天，一年三百六十五日，做任何能讓你離當時對你最重要的目標更近一步的事情。

步驟	我能夠完成這本書，來自我養成寫作目標的習慣。
1 想要什麼	我已經有一段時間沒有寫作的新題材。作為成長心理的作者，有一段時間覺得這方面再沒有什麼吸引的新題材，近年流行的 Mindfulness 靜觀已有不少好的作品，自己無須加入這戰線了。自己年近退休，多看了一些如何達至財務自由的書，發現不少都是環繞著要有好的理財習慣，例如百萬富翁都是有著些什麼習慣之類，由此挑起我對研究習慣的興趣。看了不少這方面的新書和 YouTube。興趣濃到一個地步，想透過寫作整理自己看過的東西。所以向亮光出版社的社長說，我要出版一本以「習慣決定命運」為題的書。
2 寫下具體 目標	我具體的目標是寫一本大約五萬字的個人成長類書籍。因為跟出版社說好了，說是一個口頭承諾了（Commitment Device）。這驅使我啟動了一個狼吞虎嚥的過程，四處搜尋好書和好文章。直至書的大綱初步成形。我喜歡將閱讀過特別有啟發的概念寫下來，發現心理學界近這十年對「習慣」多了很多有趣的發現，和培養良好習慣的技巧。心情越來越興奮。看過的書和理念慢慢經過我消化和整合，也增強了自己能完成這本書的信心。
3 設定截止 日期	我是 2022 年 8 月初開筆的，我為自己設定了兩個月寫作的時間，預算 2022 年 9 月尾為 deadline。我定這死線是基於過往寫作這類書的經驗。因為不是學術性的文章，這類成長和 self help 的書，重要的是清楚介紹心理學的理念，加上一些案例、故事，和實踐的方案。我有把握能在兩個月內完成初稿。

步驟	我能夠完成這本書，來自我養成寫作目標的習慣。
4 實現目標的工作細項	我有了本書的大綱之後，我要做的工作細項包括： · 收集會引用的書的書目。 · 繼續搜尋合適的材料，因為有了大綱，搜尋的過程會比之前集中，我為每一章開了檔案分類，將相關的書和文章先放進不同的檔案夾內。 · 找每章的引用名句。
5 優先次序	萬事起頭難，我習慣用製作書的藍本（Template）來組織我的書，例如有書的大綱、內文篇章和書目等。有了大綱的框架，我就會按部就班的開始寫作。
6 立即採取行動：邁出第一步	製作好 Template 後，第一樣我會做的反而是書目。因為是手板眼見工夫，是一定可以初步完成的部分，這會給自己一些成功感。 接著我就是一章一章的寫下去了。 寫每章之前，我會重溫搜集好的材料，看幾遍後，等候一個寫作那章的 Approach 出現，有了方向和思路，我就會下筆。我書寫的速度是大概一小時寫1000 字左右，寫作時間多在早上，一個上午順利的話，都能夠寫上 2500 字。按這速度，五萬字我需要用二十個早上的時間來書寫。
7 每天做一些讓你朝著正確方向前進的事情	寫作是深耕細作的事，除非有一些緊急事情要做，每星期一定安排三個早上來寫作。不用寫作的日子，我會繼續閱讀相關的資料和構思寫作的內容。有時候，像我這把年紀的人，早上五點就睡醒，經過一晚大腦在睡眠狀態中會自動消化了我看過的材料，新的點子亦會自動浮現，我就會打開電腦，在鍵盤上讓寫作的意念湧流。 我現在就到達了寫作的最後一章呢！

當你每天做一些讓你朝著正確方向前進的事情時，你會有了發展勢頭（Momentum）。這種動力和向前運動的感覺，會激勵著你。隨著你的發展勢頭，你會發現朝著目標邁出更多步，達成目標變得越來越容易。

　　實現你的目標很快就會變得簡單和自動化，你很快就會養成朝著自己的目標努力的習慣和紀律。

　　祝願你也有一些良好習慣，助你完成上主給你的召命。

I AM
THE WAY,
AND
THE TRUTH,
AND
THE LIFE.

隨著你的發展勢頭，你
會發現朝著目標邁出更
多步，達成目標變得越
來越容易。

NO ONE COMES
to the FATHER EXCEPT
THROUGH ME.

JOHN 14:6

書目

Clear, J.（2018）. *Atomic habits: tiny changes, remarkable results : an easy & proven way to build good habits & break bad ones.* New York: Avery, an imprint of Penguin Random House.

Duhigg, Charles, author.（2014）. *The power of habit : why we do what we do in life and business.* New York :Random House Trade Paperbacks,

Eyal, Nir（2014）. *Hooked: How to Build Habit-Forming Products.* New York: Random House.

Fiore, N.（2007）. *The now habit: A strategic program for overcoming procrastination and enjoying guilt-free play.* New York: Tarcher/Penguin.

Fogg, B. J.（2020）. *Tiny habits: the small changes that change everything.* Boston: Houghton Mifflin Harcourt.

Griffin, Tren.（2015）. *Charlie Munger: The Complete Investor.* New York: Columbia University Press.

Guise, S.（2016）. *Mini habits for weight loss: stop dieting. Form new habits. Change your lifestyle without suffering.* United States: Selective Entertainment, LLC.

Hardy, Darren. (2017). *The Compound Effect: Multiply Your Success One Simple Step at a Time.* New York: Hachette Books.

Heath, Chip and Heath,Dan. (2012). *Switch: How to Change Things When Change is Hard.* New York: Broadway Books.

Kiyosaki, Robert T. (2000). *Rich Dad Poor Dad: What the Rich Teach Their Kids About Money That the Poor and Middle Class Do Not!* New York: Warner Books.

Mathis, David C. (2016). *Habits of Grace: Enjoying Jesus through the Spiritual Disciplines.* Illinois: Crossway.

Milkman, Katy. (2021) *How to Change: The Science of Getting from Where You Are to Where You Want to Be.* New York: Portfolio/Penguin.

Olson, Jeff & Mann, John David. (2013). *The Slight Edge: Turning Simple Disciplines into Massive Success and Happiness.* Texas: Greenleaf Book Group

Pychyl, Timothy A. (2015). *Solving the Procrastination Puzzle: A Concise Guide to Strategies for Change.* Prince Frederick, MD: Recorded Books.

Rubin, G. (2015) . *Better than before: What I Learned About Making and Breaking Habits-to Sleep More, Quit Sugar, Procrastinate Less, and Generally Build a Happier Life.* Canada: Anchor

Steel, P. (2012) . *The procrastination equation: How to stop putting things off and start getting things done.* Harlow, UK: Pearson Education.

Tracy, Brian. (2011) . *No Excuses! The Power of Self-Discipline.* New York: Vanguard Press.

Tracy, Brian. (2017) . *Eat That Frog!: 21 Great Ways to Stop Procrastinating and Get More Done in Less Time.* CA: Berrett-Koehler Publishers.

Wood, W. (2019) . *Good habits, bad habits: the science of making positive changes that stick* (First edition.) . New York: Farrar, Straus and Giroux.

區祥江（2009），快樂軌迹：10個正向心理學的生活智慧。香港：突破。

區祥江（2015），因為捨棄，才能得著：為什麼你的快樂滿足總差一點點？是時候整理了：從收納雜物看整理人生的46個心理實踐。香港：亮光文化。

enlighten 亮光
&fish 光

書　　　名：你可以讓習慣改變命運
作　　　者：區祥江教授

出 版 社：亮光文化有限公司
　　　　　Enlighten & Fish Ltd
主　　　編：林慶儀
編　　　輯：亮光文化編輯部
設　　　計：亮光文化設計部
地　　　址：新界火炭坳背灣街61-63號
　　　　　盈力工業中心5樓10室
電　　　話：(852) 3621 0077
傳　　　真：(852) 3621 0277
電　　　郵：info@enlightenfish.com.hk
網　　　店：www.signer.com.hk
面　　　書：www.facebook.com/enlightenfish

2022年12月初版
2024年8月新版

I S B N　　978-988-8884-18-6
定　　　價：港幣$158

法律顧問：鄭德燕律師